D0696522

L'ÉCONOMIE TRIOMPHANTE

Albert Jacquard est né en 1925 à Lyon dans une famille bourgeoise, catholique et plutôt conservatrice. Deux bouleversements influencent le cours de sa vie et lui forgent un caractère opiniâtre : la Seconde Guerre mondiale et l'accident de voiture dans lequel il perd son frère et ses grands-parents. En 1945, il intègre l'École polytechnique. En 1951, diplômé de l'Institut de statistiques, il entre à la SEITA où il s'intéresse à l'application de la statistique à la biologie. Il y consacre dix années pendant lesquelles il occupe les fonctions d'ingénieur en organisation et méthode, puis de secrétaire général adjoint. Après un court passage au ministère de la Santé publique de 1962 à 1964, il entre à l'Institut national d'études démographiques en 1965 et, parallèlement, suit des enseignements de biologie, de démographie et de génétique des populations. Il se spécialise dans cette dernière discipline pour laquelle il obtient un doctorat. Expert en génétique auprès de l'OMS de 1973 à 1985, il enseigne également dans les universités de Genève et de Paris VI.
Fervent défenseur du droit à la différence, Albert Jacquard prend une part active dans plusieurs controverses scientifiques des années 80. Désormais à la retraite, il consacre une part de son temps aux associations Droit au logement, APEIS (dont il est président d'honneur) et Droits Devant ! (dont il est coprésident), qui agissent pour aider les sans-abri, les sans-travail, les sans-voix...
Albert Jacquard a reçu, entre autres distinctions, la Légion d'honneur, le Prix scientifique de la Fondation de France (1980), le Prix littéraire de la Ville de Genève (1992).
Il est l'auteur notamment de *Génétique des populations* (1974), *Eloge de la différence* (1982), *Tous pareils, tous différents* (1991), *Science et croyances* (1994), *Le Souci des pauvres* (1996), *Petite Philosophie à l'usage des non-philosophes* (1997) et *L'Equation du nénuphar* (1998).

Dans Le Livre de Poche :

LE SOUCI DES PAUVRES
PETITE PHILOSOPHIE À L'USAGE DES NON-PHILOSOPHES

ALBERT JACQUARD

l'économie triomphante

CALMANN-LÉVY

SOMMAIRE

Fascinés par les millésimes à plusieurs zéros, les futurologues s'en sont donné à cœur joie à propos de notre fin de siècle, fin de millénaire. Les uns ont imaginé une humanité soumise aux obsessions de quelques savants fous utilisant leur savoir pour imposer un ordre absolu ; d'autres ont décrit des nations perpétuellement en guerre les unes contre les autres sous la conduite de Big Brothers implacables et inaccessibles ; certains, plus optimistes, ont prédit un âge d'or enfin recouvré grâce à la victoire définitive de l'idéologie salvatrice, capitalisme ou dictature du prolétariat.

Tous se sont trompés.

Cinq années avant la date fatidique, nous vivons certes une révolution, mais elle est sournoise, souterraine ; elle ne se manifeste que par ses conséquences, sans qu'aient jamais été explicités ses objectifs. L'humanité change d'ère sans même le savoir. Au passage, elle se soumet implicitement à de nouveaux gourous qui lui apportent la Vérité : les économistes brandissant une Table qui ne contient qu'une loi, la Loi du marché.

L'histoire nous apprend combien les intégrismes sont lourds de catastrophes ; l'intégrisme économique — l'*économisme* — n'est-il pas le pire de tous ?

L'HUMANITÉ DÉBOUSSOLÉE

« L'humanité est devenue folle; elle fonce droit dans le mur! » Ce constat est partagé par la majorité de ceux qui osent penser à un avenir un peu plus lointain que les prochaines élections ou la fin de ce siècle. Chefs d'entreprise, responsables syndicaux, personnages politiques ou prolétaires de base, qu'ils soient de droite ou de gauche, tous convergent, en privé, sur la même conclusion. Chacun s'efforce, comme c'est son devoir, d'agir au mieux pour défendre les intérêts de sa société, du groupe social qu'il a en charge, de la nation qu'il dirige, ou simplement de sa famille; mais, ce faisant, il sent confusément qu'il contribue à précipiter la catastrophe globale. Sur le *Titanic* en train de sombrer, est-il raisonnable de consacrer beaucoup d'efforts et d'intelligence à obtenir une meilleure cabine?

Pour ne pas se laisser aller au désespoir, les plus courageux se réfugient dans l'action immédiate qui, jour après jour, les distrait, au sens pascalien du mot ; les plus cyniques se contentent de ne pas avoir d'enfants et de conseiller à tous de suivre leur exemple pour ne pas devoir être horrifiés de leur sort ; les plus lucides se satisfont du rôle de Cassandre, annonçant, sans espoir d'être écoutés, les écroulements imminents. Tous ressentent comme une fatalité insurmontable l'évidence de leur impuissance.

Si ce n'est quelques béats persuadés que ce pessimisme n'est qu'une mode provisoire : demain, ou plus tard, on n'y pensera plus ; ce n'est qu'un jeu pour intellectuels désœuvrés qui aiment à se donner des frissons et se délectent dans le catastrophisme. Leur argumentation se résume à un syllogisme facile : depuis des millénaires, on annonce pour bientôt la fin du monde, ou, plus localement, la fin de notre civilisation ; chaque fois la prévision s'est révélée fausse ; elle l'est donc une fois de plus.

C'est là le raisonnement du laveur de carreaux qui tombe de sa nacelle au trentième étage. Passant devant le vingt-neuvième il est anxieux car on lui a dit que ce genre de chute est fatal ; mais, peu à peu, il se rassure, l'expérience lui montre que rien de mal ne se passe ; le vent est même agréable ; arrivé au niveau du premier étage, il est définitivement tranquille ; mais le trottoir n'est pas loin.

Sans noircir le trait, essayons de préciser la situation : par quelle dynamique l'humanité est-elle conduite en cette fin de siècle ?

Explosion de l'effectif des hommes

La caractéristique première de l'humanité est son effectif ; l'évolution qu'il connaît depuis un demi-siècle est le signe d'un dérèglement profond. Cet effectif, que la nature avait rigoureusement maintenu sous son contrôle, vient d'exploser, et cette explosion poursuivra ses effets jusqu'à la fin du siècle prochain.

La fécondité humaine naturelle est relativement faible, la fragilité des nouveau-nés est grande ; durant de nombreux millénaires, un équilibre à peu près parfait entre naissances et décès a permis à notre espèce d'échapper aussi bien à la disparition qu'à la prolifération catastrophique. Au début de l'ère chrétienne, il n'y avait sur toute la Terre que deux ou trois centaines de millions d'hommes ; en l'an mil, toujours autant.

Puis nous sommes intervenus et avons nous-mêmes pris en main cette régulation, en luttant avec une efficacité croissante contre la mort des enfants. Alors que dans la nature à peine la moitié survit au bout d'une année, ce tribut a pu être presque éliminé : aujourd'hui, moins de un enfant sur cent cinquante dans les pays développés. L'augmentation de notre nombre a d'abord été lente ; le premier milliard d'hommes a été dépassé au début du XIXe siècle ; le deuxième milliard vers 1930. Depuis, c'est véritablement l'explosion : pour quadrupler l'effectif, il avait fallu vingt siècles de l'empereur Auguste à Napoléon, ce quadruplement a été obtenu au cours du seul XXe siècle. Les six milliards seront dépassés en l'an 2000. Un tel rythme exponentiel ne pourrait, en se prolongeant, qu'aboutir à un désastre ; heureusement, la décélération commence. Les efforts du tiers-monde pour restreindre sa fécondité s'accentuent ; l'effectif maximal sera atteint au cours de la seconde moitié du prochain siècle. Il sera de l'ordre de dix ou de onze milliards. Mais cette décélération implique une solidarité active de tous les peuples, c'est-à-dire une aide efficace des pays riches aux pays pauvres.

L'humanité vit là une expérience totalement nouvelle. Rien dans son passé ne lui apprend comment faire face à un tel bouleversement. Aucune des leçons tirées des aventures d'autrefois ne peut être du moindre secours. Il faut inventer des réactions, mettre en pratique des comportements adaptés à une situation jamais encore rencontrée. Situation caractérisée à la fois par le niveau atteint et par le rythme du changement.

Ce rythme peut être mesuré par le nombre des années nécessaires pour obtenir le doublement de l'effectif. Au cours du XIXe siècle, ce doublement était obtenu en cent années; pendant la première moitié du XXe siècle, en soixante-cinq ans environ : durant les années 70, il ne fallait plus que trente-cinq ans. Un recul de ce rythme de croissance est alors intervenu : le temps de doublement est remonté aujourd'hui (1994) à quarante-cinq années. On peut espérer qu'il sera infini au milieu du siècle prochain, c'est-à-dire que la « croissance zéro » sera enfin obtenue.

Parmi les causes de cette décélération, dont chaque humain peut se féliciter, la plus déterminante est la politique adoptée par les autorités chinoises après la disparition de Mao. À base de coercition et d'avortements imposés, cette politique est contraire aux « droits de l'homme » tels qu'ils sont définis par les cultures occidentales. Elle conduit à l'abandon des valeurs fondatrices de la dignité de chacun. N'est-il pas suprêmement hypocrite de condamner ces méthodes tout en se réjouissant de leur résultat ?

On peut espérer que la décroissance

attendue de la fécondité sera obtenue dans les autres pays grâce à des moyens plus respectueux des libertés individuelles. Le plus efficace de ces moyens est parfaitement connu : l'éducation des jeunes filles. Les démographes constatent que les filles qui ont bénéficié d'un système éducatif de bon niveau ont moins d'enfants que leurs mères. Une étude menée au Maroc est concluante. Les jeunes femmes ayant atteint le niveau du baccalauréat ont moins de deux enfants, celles qui ont été à peine scolarisées en ont plus de cinq, comme leurs mères. C'est par l'éducation que se produit le retournement. À partir d'un état d'esprit qui faisait procréer en vue de la puissance de son clan, de son ethnie ou de sa nation, les nouveaux parents adoptent une attitude où le destin de l'enfant est l'obsession première. On ne procrée plus en fonction de l'intérêt de son groupe, mais de l'intérêt de l'enfant.

Pour obtenir une diminution de la fécondité plus rapide que ne le prévoient actuellement les démographes, et donc une limitation de l'effectif à un niveau inférieur, ce qui serait à l'avantage de tous, il est donc urgent de mettre en place dans tous les États un système éducatif accessible aussi bien aux filles qu'aux garçons. La plupart des pays pauvres, où la démographie est « galopante », y seraient prêts, mais ils n'en ont pas les moyens.

L'humanité prise dans son ensemble en a, par contre, parfaitement les moyens. D'où un projet évident, dont tous seraient les bénéficiaires : faire prendre en charge par les pays riches le coût du système éducatif des pays pauvres. Il n'est évidemment pas question de demander aux pauvres de se laisser éduquer par les riches. Chaque culture doit conserver la pleine responsabilité de l'objectif de l'éducation, dès que celle-ci n'est pas un endoctrinement mais une ouverture sur la réalité et un apprentissage de l'humanité. Le système éducatif est le lieu où l'on devient soi, donc où l'on devient membre d'une collectivité ; celle-ci doit en avoir la maîtrise. Mais c'est aussi le lieu où l'on devient membre de l'espèce humaine, c'est donc à l'humanité dans son ensemble d'en supporter collectivement la charge.

Il se trouve que l'organisme qui pourrait mettre en pratique cette péréquation existe depuis un demi-siècle : l'Unesco se trouverait ragaillardi si toutes les nations participantes lui attribuaient cette nouvelle fonction. Hélas, les plus riches ont actuellement la politique inverse, diminuant leurs cotisations sous des prétextes de basse politique. Bel exemple d'égoïsme suicidaire.

Quels que soient les efforts consentis, il apparaît très peu probable, compte tenu de l'inertie considérable des phénomènes démographiques, que l'effectif de l'humanité puisse être maintenu en dessous de dix milliards. Puisque nous n'avons aucune expérience d'une telle marée humaine, il est légitime de se poser la question : ce niveau est-il compatible avec les possibilités de la portion d'univers à laquelle les hommes ont accès ? Et de demander aux experts de toutes disciplines de mettre l'ensemble de leurs connaissances au service d'une tentative de réponse.

Le plus souvent, la question est spontanément posée sous une autre forme : la Terre peut-elle nourrir dix milliards d'humains ?

La réponse unanime des spécialistes est : oui. Il suffirait de quelques progrès dans l'utilisation des terres, dans la lutte contre la désertification, et surtout d'un peu moins de gaspillage des ressources pour que l'équilibre entre besoin et production de nourriture soit respecté. Parmi les gaspillages, il faut mentionner les habitudes alimentaires des pays riches, qui consomment beaucoup de viande, dilapidant ainsi d'énormes quantités de céréales transformées en animaux avec un très faible rendement. Un simple recul de la consommation de viande suffirait à dégager les ressources végétales nécessaires.

Mais, ainsi posée, la question ne tient compte que d'une partie des besoins des hommes. Certes, les paysans traditionnels, ceux de l'Europe autrefois ou ceux des pays du « Sud » aujourd'hui, ne demandent guère à la Terre que leur nourriture ; par contre, les citadins des pays développés lui demandent beaucoup plus. Il leur faut de l'énergie, du pétrole, du bois, des métaux rares, de multiples richesses que la Terre ne peut pas renouveler ou qu'elle ne renouvelle que fort lentement. Il leur faut aussi des « poubelles » où faire disparaître les montagnes de déchets produits par leur activité.

La question essentielle est : combien la Terre peut-elle supporter d'humains ayant les habitudes de consommation des citadins occidentaux d'aujourd'hui ? La réponse ne peut évidemment qu'être imprécise. Des calculs proposés par des équipes américaines et françaises aboutissent à la même réponse : en tout cas, moins de sept cents millions. Le drame que va vivre l'humanité, si elle ne modifie pas radicalement et rapidement son comportement, est tout entier contenu dans ces quelques chiffres, dont la sécheresse parle bien mal à notre imagination : nous sommes cinq milliards, avant un siècle nous serons plus du double, mais les ressources de la planète limitent à moins de un milliard le nombre des hommes jouissant du mode de vie de l'Occidental moyen. Or la presque totalité des hommes rêvent d'accéder un jour à ce mode de vie.

Comment sortir de cette impasse ?

Explosion des pouvoirs des hommes

Pour répondre à cette interrogation, il faut tenir compte d'une explosion d'une tout autre nature vécue par l'humanité d'aujourd'hui : l'explosion des pouvoirs qu'elle se donne à elle-même. Dans tous les domaines, que ce soit l'observation de la réalité qui nous entoure ou la transformation de cette réalité, nous disposons de moyens qui étaient inimaginables il y a moins d'un siècle. Les progrès ont été si rapides que nous avons pris l'habitude d'admettre que l'impossible d'aujourd'hui sera la routine de demain. Cette croyance en des avancées sans limites de la technique est facilement admise comme une vérité définitive. Ainsi, tout problème est supposé devoir trouver sa solution dans un progrès scientifique ou technique à venir. Mais cette confiance est sans doute naïve : l'explosion bénéfique de nos pouvoirs permettra-t-elle de faire face à l'explosion inquiétante de notre effectif ?

Le constat que la Terre ne pourra sans doute pas procurer à tous les hommes de demain les ressources qu'ils attendront d'elle débouche sur un projet tout simple : il suffit de quitter notre planète et d'émigrer sur une autre plus accueillante. Nous sommes capables de faire un aller et retour Paris-New York en une journée, ce que même Jules Verne n'aurait pu imaginer; pourquoi ne pourrions-nous pas penser à des voyages interstellaires ?

Hélas, ces exploits sont limités par certaines caractéristiques de l'espace-temps, notamment par le fait qu'aucun objet ne peut se déplacer, aucune information être transmise à une vitesse supérieure à celle de la lumière. Ce n'est pas là un seuil que quelques progrès techniques permettront de dépasser; nous nous trouvons face à une limite définitive résultant de la structure même de l'univers dans lequel nous évoluons. Or les distances entre étoiles sont immenses. Même les photons, ces grains de lumière, mettent quatre années pour provenir de la plus proche de nous, Proxima du Centaure.

Parmi les étoiles de notre galaxie, celles qui disposent d'un cortège de planètes sont rares; plus rares encore celles dont ce cortège comprend une planète ayant des caractéristiques semblables à celles de la Terre. Il faudrait beaucoup de chance pour que nous découvrions un jour une planète de rechange à moins d'une centaine d'années-lumière. Il suffit d'imaginer l'état, à leur retour, des premiers explorateurs envoyés en éclaireurs pour renoncer définitivement à ce rêve.

Quant aux planètes du système solaire, nous commençons à bien les connaître. Nous pourrons établir sur certaines des stations permanentes, mais il est peu probable qu'elles pourront acquérir leur autonomie par rapport à la Terre. Quelques hommes, reliés par des navettes à l'humanité, pourront s'y installer, non l'humanité dans son ensemble.

Le point de départ de la réflexion doit donc être ce constat : les hommes sont prisonniers de leur planète. C'est sur place, en tenant compte des limites qu'elle leur impose, qu'ils doivent trouver des solutions et mettre en place des comportements assurant la compatibilité de leurs objectifs et de ces limites.

Ce n'est pas un constat qu'il faut considérer, avec tristesse, comme un coup du sort. Tout au contraire, il nous donne l'occasion de nous révéler à nous-mêmes notre capacité d'imagination.

Même dans un paradis terrestre regorgeant de ressources illimitées, sur une Terre toujours prête à nous fournir ce que nous demandons, nous aurions dû faire face à tous les problèmes de la vie en commun : choisir entre l'affrontement et l'amour, entre le mépris et la solidarité. Ces problèmes sont rendus plus aigus par la limitation de notre domaine. Et, surtout, nous nous en apercevons bien tard, d'où les difficultés rencontrées aujourd'hui. Raison de plus pour faire l'état des lieux avec lucidité et prévoir sans complaisance les conséquences de la dynamique que nous avons mise en place à l'époque où nous étions pleins d'illusions. Ce que nous vivons actuellement est la conséquence de choix, le plus souvent implicites, faits en imaginant un monde des hommes infini. Aujourd'hui, selon le mot de Paul Valéry, « le temps du monde fini commence ».

Cette finitude avait déjà été entrevue par le rédacteur de la Genèse faisant dire au Créateur : « Croissez et multipliez, remplissez la Terre. » Il y a trois mille ans, il était donc possible d'imaginer qu'un jour la Terre serait « pleine d'hommes ». Cette échéance devait sembler si lointaine qu'elle ne posait pas de problèmes immédiats. Aujourd'hui, elle est toute proche et impose des changements radicaux de notre comportement.

Ce rédacteur avait complété l'ordre par : « Et soumettez-la. » Une injonction qui devait sembler alors totalement irréaliste. Dans l'univers, tout est soumis aux lois de la nature : la pierre tombe lorsqu'elle est lâchée, l'animal meurt s'il n'a pas de nourriture; les créatures ne peuvent que subir le destin qui leur a été imposé. Comment l'Homme pourrait-il aller à contre-courant?

À l'époque même où, enfin, nous « remplissons » la Terre, nous sommes en passe de la « soumettre ». En quelques siècles, et surtout au cours des dernières décennies, nous avons si bien compris les mécanismes à l'œuvre que nous sommes devenus capables de les déjouer. Depuis toujours, nous ne pouvions que nous désoler devant les millions de morts dus chaque année à la variole : nous avons si bien combattu le virus responsable que depuis dix-sept années il a disparu, enfermé dans des tubes hermétiques gardés dans quelques laboratoires. Depuis toujours, nous sommes les victimes de maladies, telle la phénylcétonurie, qui se déclenchent au long de la vie conformément à un programme inscrit dans notre organisme dès sa conception; aujourd'hui, nous savons lire ce programme et empêcher ces maladies de se manifester. Même certains événements cosmiques pourront être modifiés. Si un astéroïde menaçait de tomber sur la Terre et d'en perturber gravement le climat, nous saurions le déceler, prévoir sa trajectoire et la modifier pour écarter le danger.

Tout se passe comme si l'humanité venait de passer de l'enfance à l'âge adulte, d'une période où elle a accepté son sort à une phase où elle est responsable de son destin. Nous vivons la crise de puberté de notre espèce.

Il nous faut donc choisir un objectif et prendre dès maintenant des mesures pour tenter de nous en rapprocher.

Pour commencer, n'ayant plus la possibilité de « croître et multiplier », nous avons le devoir de gérer notre nombre. Il faut que ce nombre reste compatible avec ce que peut supporter la planète.

Le bouleversement est si profond que la plupart des autorités en charge de la morale collective, notamment les Églises, ne réagissent qu'avec retard, restant crispées sur des impératifs valables autrefois et désormais opposés aux objectifs proclamés. Au nom de la vie de l'embryon, on risque de compromettre la vie de l'espèce.

Une fois cette gestion raisonnable mise en pratique, chose possible avant un siècle, il restera à choisir ensemble l'utilisation des pouvoirs que nous nous sommes donnés. Puisque nous sommes entre nos propres mains, il faut répondre à la question : que sommes-nous, que voulons-nous devenir ? Quel objectif donner aux sociétés humaines ?

Inégalités entre peuples

Sur cet objectif, il se trouve que, tout au moins dans leurs discours, les hommes de toutes cultures se mettent facilement d'accord : il faut respecter les Droits de l'Homme ou, ce qui revient au même, faire en sorte que chaque être humain soit traité de façon à respecter sa dignité. Les premières formulations de ces droits pouvaient être considérées comme arbitraires : elles figuraient dans des textes fondateurs exprimant une vérité supposée révélée, ou dans les œuvres de quelques philosophes présentés comme des « Lumières ».

Aujourd'hui il est possible de faire découler ces préceptes de la lucidité, enfin acquise, sur la réalité du monde et de nous-mêmes. Nous constatons en effet que la spécificité humaine est la capacité de chaque collectivité humaine de rendre ses membres conscients d'eux-mêmes, d'en faire des « personnes ». Cette émergence de la conscience est le propre non de chaque individu, mais des interactions entre individus : interactions trouvant leur efficacité dans la richesse des mises en commun permises par les diverses formes d'échange.

Le rôle essentiel de toute collectivité est donc d'organiser les échanges de façon à provoquer l'émergence en chaque individu d'une personne, ce qui ne peut être obtenu qu'en accordant un statut égal à tous.

Imaginons un court instant que cet objectif d'égalité et de respect, si souvent proclamé, soit véritablement pris au sérieux. Il en découle immédiatement que les peuples qui jouissent du meilleur niveau de vie, du plus large accès au bien-être apporté par le progrès, devront entamer une décroissance rapide de ce niveau. Tout simplement parce que multiplier aujourd'hui par cinq milliards, demain par dix milliards, ce que le citadin occidental moyen coûte de ressources non renouvelables, ou lentement renouvelables, excède largement les possibilités physiques de la Terre.

Les chiffres sont connus, mais on en tire mal les conséquences : un milliard d'humains, soit 20 p. 100 de la population mondiale, consomment 80 p. 100 de l'ensemble des richesses disponibles. Cela signifie que les « riches », les habitants du Nord, consomment en moyenne seize fois plus que les « pauvres », ceux du Sud. Si, par un coup de baguette magique, l'égalité était rétablie demain, les privilégiés d'aujourd'hui verraient leurs ressources divisées par quatre. Bien sûr, ce miracle n'a guère de chance de se produire, mais son évocation montre que le chemin vers l'égalité implique une diminution considérable de la consommation du Nord.

À l'opposé de cette évidence, les sociétés occidentales cherchent dans la croissance un remède à leurs difficultés ; elles en espèrent notamment la solution du chômage, ce qui est notoirement un leurre. La moindre exigence est de renoncer à l'hypocrisie. Choisir la croissance pour nous, c'est en faire subir les conséquences à l'ensemble des autres. C'est donc admettre que l'égalité des droits n'est qu'un concept bon pour les philosophes, les « idéologues » ou les poètes. Les décideurs réalistes ont, eux, d'autres priorités. Il leur faut être compétitifs, concurrentiels, efficaces. À partir d'une telle logique, le Nord peut, par pure bonté d'âme, aider le Sud à entrer dans le jeu de la croissance. Mais il faut souhaiter que cette aide sera sans trop d'effet ; sinon le jour où la planète sera totalement exsangue viendra plus tôt encore.

La fuite vers la croissance ne peut donc que maintenir, et même agrandir, le fossé entre les deux humanités. Le rapport de un à seize, dans l'accès aux biens disponibles, entre les pauvres et les riches, deviendra un rapport de un à vingt, puis de un à trente, à cinquante... Combien de temps un tel déséquilibre sera-t-il supporté par ceux qui en sont les victimes ?

Leur patience sera d'autant plus courte

qu'ils sont informés, jour après jour, de cet écart. Ils voient sur leurs écrans, magnifiée, la vie quotidienne de ceux qui gaspillent, et voient autour d'eux la lutte pour la survie de ceux qui manquent de tout. Ils sont écartelés entre une réalité fascinante, mais pour eux virtuelle, et une réalité lourde d'existence qu'ils sont forcés de subir. De la première ils peuvent seulement contempler les images ; la seconde lamine leur vie et celle de leur entourage. Il est probable qu'un jour prochain ils se rassembleront, s'uniront, s'organiseront, et s'attaqueront aux bastilles de l'opulence.

Face à ces rébellions de peuples entiers oubliant leurs querelles pour s'en prendre à l'ennemi de tous, le nanti, le seul recours possible sera la violence. Pour résister à l'assaut d'une multitude de misérables, les nations riches devront compter sur l'efficacité, qui est grande, de leurs armes. Construites en vue des conflits entre nations du Nord, elles pourront se révéler utiles lorsqu'il faudra tenir à distance les foules du Sud. Peut-être est-ce là l'explication de l'étrange persévérance des détenteurs de l'arme nucléaire à constamment en améliorer les performances.

Il est clair que cette arme ne peut être utilisée entre deux puissances qui, l'une et l'autre, la possèdent. L'employer pour détruire l'autre, c'est à coup sûr se suicider. Dans le cas de la France, par exemple, il suffit de poser la question : dans quel cas de figure la force de frappe nucléaire sera-t-elle employée ? pour constater qu'il n'en existe aucun. Que les chars ennemis, en supposant que cet « ennemi » nucléaire vienne de l'Est, atteignent Strasbourg, Paris ou Brest, jamais la décision d'utilisation ne sera prise, sachant qu'elle entraînerait la destruction totale du pays dans les heures suivantes.

Par contre, face à une nation dotée seulement d'un armement classique, quelques fusées emportant des mégatonnes, ou même seulement des kilotonnes, pourront ramener à la raison les foules de miséreux. Et cela avec la bonne conscience que procure le meurtre à distance et la beauté technique d'une guerre « propre ».

Est-ce faire preuve d'un cynisme excessif ? L'expérience de la guerre du Golfe a montré à quelles extrémités un peuple civilisé peut aboutir lorsque l'ennemi n'est regardé que comme une entité abstraite à éliminer. Les chars américains ont enterré vivants les fantassins irakiens dans leurs tranchées ; interrogés, les responsables ont donné une explication : ce procédé était plus rapide et moins coûteux que de les tuer un à un d'abord, de les enterrer ensuite ; et le résultat était le même.

Peut-être n'ira-t-on que rarement jusqu'à de telles abominations, mais l'équilibre ne pourra être maintenu entre peuples nantis et peuples frustrés et jaloux que par la menace implicite et la crainte sournoisement permanente de ces horreurs.

Inégalités entre citoyens

Tout aussi instable risque d'être l'équilibre, à l'intérieur des nations, entre ceux qui se trouvent au sommet de l'échelle des ressources et sont bien décidés à conserver leurs privilèges et ceux qui végètent à la base et rêvent d'un meilleur partage. L'efficacité indéniable des nations du Nord a été permise par un système de production, le capitalisme, qui a fait ses preuves depuis près de deux siècles, mais qui est en cours de profonde et rapide transformation. Au siècle dernier, il a dû sa réussite à l'exploitation systématique des travailleurs. Il fallait, dit-on, en passer par là pour constituer l'outil de production qui, un jour, apporterait le bien-être à tous. Et il est vrai que, lentement, le niveau de vie moyen s'est amélioré.

La seconde moitié du XXe siècle a

apporté des transformations inattendues qui changent de fond en comble la problématique de la production. Dès la fin de la guerre, l'accent a été mis sur l'amélioration de la productivité, c'est-à-dire la diminution du travail humain nécessaire par unité produite. Les besoins étaient alors si grands que ces progrès n'empêchaient pas l'utilisation de la quasi-totalité de la main-d'œuvre disponible. Le plein-emploi était assuré. Après une période de progression rapide de cette productivité, un ralentissement était attendu. Mais, contrairement aux prévisions, c'est une accélération qui s'est produite et qui se poursuit durablement, grâce surtout à l'intervention de l'électronique. Partout des robots obéissant à des ordinateurs prennent la place des hommes. Ils ne tombent guère malades, ils ne sont pas syndiqués, ils n'ont pas d'états d'âme ; la lutte est inégale. Dans une société menée par la compétition, la machine remplace l'homme, et l'homme n'a plus d'utilité.

Il n'est même plus nécessaire d'exploiter les travailleurs ; il suffit de se passer d'eux. À l'exploitation a succédé l'exclusion.

Comment imaginer que des sociétés puissent rester paisibles quand une foule d'hommes et de femmes s'entendent dire qu'ils sont « de trop » ?

Avec la définition de l'homme que nous

avons adoptée, chacun devient lui-même au foyer du regard des autres : « Pour faire un homme, il faut des hommes. » Aucun ne peut donc être de trop. Toute élimination de l'un est une déperdition pour tous. Quant à celui qui est éliminé, il ne peut qu'être précipité dans le désespoir. Car rien n'est plus désespérant que de sentir que nous n'avons d'existence pour personne.

Accepter une régulation des mécanismes sociaux par l'exclusion — c'est bien cela le chômage —, c'est ne pas réagir devant le développement d'une maladie mortelle pour la société. Le vrai critère de santé est l'élimination de l'exclusion.

L'évolution des banlieues des immenses mégalopoles, en Amérique latine par exemple, anticipe ce qui risque de se produire bientôt dans toutes les grandes villes. Les jeunes, devant qui l'avenir est totalement fermé, ne peuvent réagir autrement que par la délinquance, la prostitution, la drogue. Les exactions qu'ils commettent justifient la création par quelques policiers, excédés par la lenteur et l'inefficacité des tribunaux, d'« escadrons de la mort » aux méthodes expéditives. La violence provoque, entretient, amplifie la violence en un processus implacable. Aujourd'hui, la nuit, dans les rues de Rio, les automobilistes ne s'arrêtent plus aux feux rouges de peur de devenir une cible trop facile. Dans combien d'années les Parisiens ou les Londoniens devront-ils adopter le même comportement ?

Les empereurs romains, face au danger que représentait pour eux la montée du christianisme, ont cru pouvoir en venir à bout en donnant les plus fanatiques en pâture aux fauves. Ils n'ont fait que semer des vocations de martyrs. La répression allait à l'opposé de son objectif, car ces chrétiens étaient animés par une foi. Combien plus puissant et plus redoutable est le moteur qui anime les délinquants d'aujourd'hui : le désespoir.

Entre les nations, la menace d'une hécatombe forcera peut-être à rester tranquilles les États tentés par la révolte. À l'intérieur des nations, le recours à la force sera la tentation des privilégiés. Cette force devra être présente partout et bien visible. Pour être efficace, elle devra être accompagnée d'un réseau d'informations rigoureux au service du pouvoir. Les moyens fournis par l'informatique permettent de ne laisser dans l'ombre aucun agissement. Cet espionnage permanent de tous les citoyens sera le prix à payer pour maintenir un semblant de paix intérieure. Liberté ou sécurité, il faut choisir. Et le choix est toujours le même.

George Orwell avait imaginé une évolution de ce type dès 1948 et décrit ce que serait l'humanité de 1984. Nous avons dépassé cette échéance de dix années ; nous pouvons constater, si nous consentons à être lucides, que nous sommes exactement sur la voie qui conduit au règne de Big Brother.

L'économisme

Pour qui se dérobe à l'inédit, ce cheminement semble inéluctable. Est-il encore temps de tenter une bifurcation et d'inventer une société humaine ? Si la réponse est « non », le sort de nos petits-enfants ne sera guère enviable. Ce sera pour longtemps, peut-être pour toujours, le renoncement à ce qui fait de l'espèce humaine la seule capable d'imaginer une utopie et de s'en approcher, la seule qui dispose de son destin.

Faisons comme s'il n'était pas trop tard. Et pour réorienter le cours de notre histoire essayons de comprendre quels mécanismes ont joué pour nous fourvoyer à ce point. Tout serait facile s'il suffisait de désigner un méchant quelque part, un vilain démon dont nous n'aurions pas su déjouer les maléfices. La réalité est moins simple, c'est une adhésion collective à un raisonnement fautif qui nous a menés dans cette situation.

Renonçons à la croyance en une punition divine ou une vengeance de la nature provoquées par nos turpitudes. Ce serait accepter de nous soumettre à une volonté extérieure. Avant tout, il nous faut refuser de démissionner. Demain sera ce que nous voudrons avec une suffisante volonté. C'est une façon de gérer les rapports entre les hommes qui nous perd. C'est elle qu'il faut dévoiler et accuser.

Dans les sociétés d'autrefois, les décisions orientant le devenir de la collectivité étaient essentiellement le fait du prince. Celui-ci personnifiait la nation et tranchait souverainement entre ce qu'il considérait comme bon ou comme mauvais pour cette nation. L'objectif le plus souvent poursuivi était la puissance. Il fallait que l'État affirme son emprise sur un territoire toujours plus étendu, sur des populations toujours plus nombreuses. L'Histoire que nous avons apprise à l'école est faite surtout d'une série ininterrompue de guerres provoquées par ces appétits de puissance se heurtant les uns aux autres ; elle est l'histoire des États plus que l'histoire des peuples ; ceux-ci ont été plus souvent les victimes consentantes que les bénéficiaires de ces conflits.

Ce processus n'a certes pas disparu, mais certaines nations s'efforcent, du moins en théorie, de transférer au peuple le pouvoir de décision. Au moyen de procédures compliquées, certaines y parviennent réellement et peuvent être présentées comme des démocraties. À vrai dire, elles sont peu nombreuses, moins de vingt semble-t-il sur les quelque cent quatre-vingts États adhérant à l'O.N.U. L'objectif des gouvernants n'est plus alors la puissance pour elle-même, mais pour le bien du peuple. Même s'ils estiment que pour obtenir ce bien il faut passer par la puissance, leur motivation n'est plus celle d'autrefois et n'entraîne pas les mêmes attitudes : l'extension géographique, l'annexion de territoires fertiles ou riches de populations n'est plus une obsession.

Dans la gestion des nations, le fait du prince a sans doute un rôle moindre qu'autrefois ; mais il s'est réintroduit souterrainement dans la gestion de la planète. Le développement des activités de production et d'échange a provoqué la création de centres de décision presque totalement indépendants des États. Certaines grandes entreprises multinationales jouent un rôle au moins aussi important pour l'ensemble de l'humanité que les grandes nations. Leurs possessions s'étendent sur tous les continents ; les décisions qu'elles prennent ont des conséquences pour des centaines de millions d'hommes. Les choix d'investissement, de politique salariale, de répartition de la production entre leurs différentes usines ont plus d'influence sur l'activité des hommes que ceux de la plupart des gouvernements. Qui pèse le plus lourd du Premier ministre belge ou du patron de la Société générale de Belgique ? La réponse est évidente ; mais le premier est connu de tous, on sait comment il est parvenu à cette fonction, tandis que le second est sorti vainqueur de tractations souterraines au sein de conseils d'administration dont seuls quelques initiés ont eu connaissance. En fait, les décisions les plus importantes pour l'ensemble des hommes sont prises par quelques personnages appartenant à une collectivité très réduite, détentrice d'un pouvoir partagé par consentement mutuel.

Ces personnages n'ont guère plus de raisons que d'autres d'être pervers et malfaisants. Ils sont, comme chacun, victimes de quelques résidus d'infantilisme leur faisant désirer la fortune et la gloire ; mais ils sont le plus souvent désireux de remplir au mieux la tâche qui leur a été confiée.

« Au mieux », cela signifie qu'ils jugent leur action en fonction de quelques critères. Tout repose donc sur le choix de ces critères. Dans la société d'aujourd'hui, ils ne leur sont pas proposés, comme autrefois aux rois, par quelque chapelain leur rappelant les prescriptions de l'Évangile, mais par de savants économistes qui leur exposent, face à chaque problème, quelles positions adopter pour maximiser les bénéfices du prochain exercice ou la rentabilité attendue à long terme.

La pensée des preneurs de décision — *decision makers* dans la terminologie anglo-saxonne — baigne en permanence dans les concepts manipulés par les économistes ; la formulation même des problèmes est conditionnée par les mots clés qu'ils ont forgés. Ils viennent, au cours des dernières années, de recruter un allié de poids : l'ordinateur. Des logiciels, si subtils que personne n'en peut vraiment décrire le contenu, traitent une multitude de données et annoncent la Vérité. Leurs conclusions peuvent d'autant moins être mises en doute que l'on ne connaît guère le détail du cheminement grâce auquel elles ont été obtenues, ni surtout les hypothèses qui fondent le raisonnement. Ces conclusions ont autant de force qu'autrefois les vérités considérées comme révélées. Elles sont à la source d'un véritable fanatisme, aussi radical que celui de certaines sectes religieuses : le fanatisme économique, l'« économisme ».

Pendant longtemps les économistes se

sont contentés d'apporter leur contribution, souvent modeste, aux débats orientant le choix des décisions essentielles, d'ajouter leur voix de « technocrates » à celles d'autres personnages. Ceux-ci évoquaient la liberté, la paix ou la dignité des plus démunis, tous les grands objectifs qui ont, au cours de l'Histoire, mobilisé les peuples ; ils s'intéressaient aux idées ; ils étaient des « idéologues ».

Par un curieux retournement, ce terme est devenu péjoratif. Napoléon déjà regardait avec mépris les idéologues. Ce mépris est aujourd'hui tel que l'on a pu récemment célébrer comme une victoire la prétendue « mort des idéologies ». Dans notre société occidentale, le discours des économistes s'exprime désormais seul, comme s'exprime seul en Iran le discours des ayatollahs.

Or cette société de l'argent exerce actuellement une telle domination en raison de sa richesse qu'elle oriente le devenir de toute la planète ; c'est elle qui choisit la direction ; mais sa seule boussole est le raisonnement économique. Les calamités entraînées par cette perte des repères sont innombrables ; évoquons-en quelques-unes.

QUELQUES CALAMITÉS « ÉCONOMISTES »

L'économie, souvent désignée par le terme « économie politique », se présente comme la science de la production, de la répartition et de la consommation des richesses.

Les précurseurs en ont été les « physiocrates » du XVIIIe siècle conduits par François Quesnay, médecin de Mme de Pompadour. Leur analyse des flux de richesses entre les divers groupes sociaux cherchait à définir une organisation optimale de la société. Cet optimum, selon eux, ne peut être obtenu qu'en respectant l'« ordre naturel » auquel sont soumis tous les phénomènes qui se déroulent dans le monde réel.

Ceux-ci résultent des interactions entre l'ensemble des objets, qu'ils soient inanimés ou vivants. Toute intervention humaine délibérée ne peut que perturber cet ordre ; il est donc nécessaire de limiter autant que possible cette intervention.

Pour les physiocrates, seule la Terre est productrice de richesse. Le travail des hommes, cultivateurs, ouvriers, artisans, commerçants, ne fait que modifier la forme ou la nature de cette richesse, sans l'accroître. Cette conception aboutit à des prises de position sur l'organisation de la société ; elle justifie notamment la thèse selon laquelle les impôts doivent reposer sur la seule propriété foncière. Seule une autorité suprême incarnée par une monarchie absolue et héréditaire est conforme à cet ordre naturel.

Les réformes de Turgot et certaines des mesures prises par la Convention ont été inspirées par ces théoriciens, dont Turgot résumait la pensée par la formule : « Liberté du travail et des échanges. » Ce libéralisme était, dès l'origine, le dogme central de l'économie ; il l'est resté pour l'essentiel malgré les ajustements qu'il a fallu apporter à cette analyse.

L'idée que la Terre est seule à produire des richesses ne résiste guère à l'examen. Dès le début du XIXe, l'Anglais Adam Smith et le Français Jean-Baptiste Say situèrent la source de cette richesse dans le travail des hommes. Le problème posé aux économistes est alors de définir le système de relations entre producteurs et consommateurs de biens garantissant un rendement social maximal, c'est-à-dire tel que tout changement augmentant la satisfaction de certains entraîne nécessairement une diminution de la satisfaction de quelques autres.

Ce système est caractérisé par un ensemble de prix gérant les échanges. Or ces prix sont déterminés par le jeu simultané des égoïsmes de ceux qui offrent des biens et de ceux qui les demandent ; les uns veulent obtenir le prix le plus élevé possible, les autres le moins élevé. Leurs tractations aboutissent aux prix « du marché ».

Le théorème du rendement social maximal, qui est au cœur de la pensée des économistes, affirme que la situation d'équilibre à laquelle aboutit ce jeu d'égoïsmes affrontés correspond justement au système de prix qui assure le rendement optimal. Chacun, producteur ou consommateur, ne pense qu'à préserver son intérêt propre ; le mécanisme collectif, pourvu qu'il joue librement, conduit l'ensemble vers la situation la plus profitable non à tel ou tel, mais à l'ensemble.

Tout se passe comme si, selon l'expression d'Adam Smith, une « main invisible » intervenait pour servir l'intérêt collectif en utilisant la multitude des individus qui recherchent leur intérêt personnel. Décidément tout est pour le mieux ; il suffit de laisser agir les comportements spontanés, même si, apparemment, ils présentent un visage aussi peu sympathique que l'égoïsme.

Les innombrables économistes qui ont depuis affiné ces théories ont, évidemment, apporté bien des nuances à ces affirmations. Certains même, comme Karl Marx ou Joseph Proudhon, en ont pris le contre-pied. Mais notre société occidentale est imprégnée aujourd'hui de la vision optimiste d'un ordre naturel qu'il suffit de ne pas perturber pour que tout aille au mieux. Cette vision est d'autant moins remise en cause qu'elle est maintenant présentée avec un habillage mathématique qui rebute la plupart de ceux qui désireraient comprendre. L'ésotérisme de la formulation permet d'assener l'argument d'autorité avec une force telle que l'on n'ose réagir devant les affirmations des libéraux intégristes s'exprimant par la voix de personnages aussi considérables que Ronald Reagan ou Margaret Thatcher.

Le doute pourtant pourrait s'insinuer dans les esprits lorsque l'on constate les conséquences de cet intégrisme dans des domaines aussi divers que l'agriculture, le logement, l'emploi, le sport ou la destruction de l'environnement. On n'a que l'embarras du choix lorsque l'on énumère les catastrophes provoquées par l'économisme.

Logement social

Le domaine où les méfaits d'un raisonnement économique étroit sont, aujourd'hui, en France, les plus dramatiques est le logement des personnes défavorisées, ou plutôt non favorisées.

Il y a quelques siècles, les « classes » inférieures ne posaient pas, pour leur logement, un problème à la société. Les paysans vivaient dans les maisons souvent très anciennes et délabrées que leur avaient léguées leurs parents. Les « gens de maison », cochers, valets de chambre, femmes de chambre, cuisinières, étaient logés par leurs patrons, dans des conditions souvent sordides mais acceptées comme naturelles. Les chambres de bonnes sous les toits, sans chauffage, sans hygiène, étaient le lot des domestiques. Il n'est pas inutile de relire le *Pot-Bouille* de Zola pour prendre la mesure de l'exploitation exercée alors sur leur personnel par les familles bourgeoises bien-pensantes.

Au cours du XIXe siècle, le développement de l'industrie a posé un problème nouveau : loger les ouvriers et leurs familles. La qualité la plus appréciée par leur patron était leur fidélité à l'entreprise, fidélité qui pouvait même se prolonger sur plusieurs générations. La stabilité de cette main-d'œuvre était garante d'une certaine forme de paix sociale. Elle donnait à l'ouvrier le sentiment de participer à la prospérité de l'entreprise et, au-delà, de la région. La construction de cités ouvrières a favorisé cette stabilité. Logé non loin du lieu de travail, bénéficiant d'un loyer adapté à son salaire, l'ouvrier pouvait se considérer comme traité de façon digne. Il ne prenait conscience de la nasse dans laquelle il était enfermé que lorsqu'il devait, ou voulait, mettre un terme à son emploi.

Ce qui a été présenté tel un « habitat social » était le plus souvent un piège patronal. Pour le rendre plus efficace, certaines entreprises, ainsi Michelin à Clermont-Ferrand, complétaient le logement par toutes les installations nécessaires à la vie d'une collectivité (maternités, écoles, églises, hôpitaux...).

Né Michelin, l'enfant était éduqué Michelin, soigné Michelin, enterré Michelin, et le Dieu qu'il priait l'incitait à remercier une providence dont le nom était Michelin. Bien sûr, il vivait dans une maison Michelin.

Quelques esprits subversifs ont diffusé une certaine révolte face à un tel enfermement. L'ouvrier ne doit à son entreprise que l'apport d'intelligence et d'énergie pour lequel il est rémunéré ; le mode de vie qu'il choisit ne concerne que lui. C'est à la collectivité dans son ensemble, non à son employeur, de lui permettre d'exercer ce choix, et, en premier lieu, de lui permettre l'accès à un logement.

Or, traditionnellement, le logement est considéré par les Français comme une affaire privée ; être propriétaire de sa maison, l'avoir fait construire selon ses propres plans, est un rêve que beaucoup caressent. L'État n'est intervenu que très récemment, contraint par les besoins nouveaux apparus dans les villes en rapide expansion, ou à la suite des destructions massives entraînées par les deux guerres.

Jusqu'en 1914, le jeu de l'offre et de la demande a entièrement dominé les mécanismes financiers permettant de construire des logements. Naturellement, il est plus rentable d'investir dans des immeubles destinés aux classes aisées pouvant faire face à des loyers élevés que dans des logements sociaux accessibles aux ouvriers. Le Paris nouveau rêvé par Haussmann a été réalisé au cours de la seconde moitié du XIXe siècle ; il est fait de bâtiments cossus à la belle apparence. Le résultat a été dès le début du XXe siècle un excédent de l'offre sur la demande pour les logements « bourgeois », alors que les besoins en logements populaires étaient loin d'être satisfaits.

Selon le raisonnement économique orthodoxe, ce n'était là qu'une phase d'un processus aboutissant tout naturellement à un nouvel équilibre. L'excédent d'immeubles de bon niveau fera baisser leur loyer, les rendant accessibles à un ensemble plus nombreux de familles aisées ; celles-ci libéreront des appartements qui seront disponibles pour des familles aux revenus moins élevés ; et ainsi, de proche en proche, au bénéfice finalement des plus défavorisés. En construisant pour les riches, on apporte, à la longue, une solution au logement des pauvres.

Ce mécanisme est admirable, à condition de ne pas tenir compte des drames humains entraînés par la lenteur de ce transfert. Il ne peut jouer son rôle que dans une société dépourvue de la moindre capacité d'émotion face à la misère. Certes, cette capacité n'est en général pas très développée, mais elle n'est pas totalement nulle. Lorsqu'un certain seuil d'injustice est dépassé, il est difficile de rester insensible ; la mécanique économique est alors volontairement déréglée.

Ce dépassement de seuil a été provoqué par la guerre de 1914. Partis au front, les pères de famille privaient celles-ci de l'essentiel de leurs ressources ; les loyers n'étaient plus payés ; il aurait fallu expulser les locataires défaillants. Cela a paru difficilement acceptable ; un « moratoire » des loyers a donc été décidé. Les mesures prises en faveur des mobilisés furent par la suite étendues à de nombreuses catégories de locataires. Contre sa volonté, l'État est ainsi devenu un intermédiaire obligé entre les propriétaires et les locataires, faussant d'autant plus les mécanismes économiques qu'il n'était pas préparé à ce rôle et qu'il n'osa pas le jouer complètement.

Les destructions dues à la guerre, l'afflux, la paix revenue, de nombreux immigrants nécessaires à la reprise de l'activité accrurent fortement la demande de logements ; mais les investisseurs privés, uniquement intéressés par la rentabilité de leurs capitaux, délaissaient ce secteur rendu peu attractif par l'intervention de l'État. Le déséquilibre était tel que le jeu brutal de l'offre et de la demande aurait entraîné des catastrophes sociales. Les loyers furent donc bloqués ou sévèrement contrôlés.

Compte tenu de l'inflation, ils ont, en valeur réelle, progressivement diminué : en 1925, ils étaient équivalents au quart de ce qu'ils étaient en 1914. La grande crise des années 30, puis la Seconde Guerre, ont accentué cette évolution ; en 1945, le loyer représentait dans le budget d'une famille d'ouvriers moins de 2 p. 100, alors qu'il représentait plus de 15 p. 100 en 1914.

Cet avantage est réel mais il est largement compensé par la dégradation du parc de logements ; ceux qui étaient classés comme « vétustes » étaient au nombre de cent cinquante mille en 1914, plus de trois millions en 1945. Plus grave encore, le nombre de logements est devenu dramatiquement insuffisant tant les constructions avaient été bloquées : entre les deux guerres, moins de cent vingt mille logements ont été construits chaque année.

Selon les économistes purs et durs, cette période d'une trentaine d'années constitue une véritable expérience de laboratoire, montrant les méfaits à long terme de toute mesure favorisant dans l'immédiat les locataires. Pour détruire une ville, a dit l'un d'eux, on peut recourir à deux moyens également efficaces : la bombarder ou imposer un blocage des loyers. En réalité, l'expérience a été biaisée par l'attitude de l'État agissant sur la demande et n'acceptant pas d'aller au bout de sa logique en agissant sur l'offre.

En dépit de quelques mesures velléitaires, la puissance publique ne s'est alors pas vraiment impliquée dans l'investissement immobilier. Les habitations à bon marché, les célèbres H.B.M. instituées en 1894, avaient surtout pour mission la suppression des taudis, source d'épidémies et de délinquance. La loi Loucheur de 1928 a tenté de relancer l'activité des organismes publics constructeurs, mais son objectif était limité à deux cent mille logements en cinq ans, peu de chose face aux besoins de l'époque.

Après la Seconde Guerre, l'État a tenté d'agir enfin sur l'offre en améliorant la rentabilité des investissements immobiliers. La loi de 1948 a libéré les loyers des constructions neuves et permis de relever sensiblement ceux des logements anciens ; par la suite, des avantages fiscaux ont été consentis aux investisseurs ; enfin, l'État est intervenu directement dans le financement par l'intermédiaire d'organismes publics comme la Caisse des dépôts.

Ces mesures n'ont pas été sans effet : le nombre des logements terminés est passé, en une progression assez régulière, de cinquante-deux mille en 1950 à cinq cent quarante-six mille en 1972. Par la suite, l'effort de l'État a été moindre et la décroissance a été rapide ; en 1991, trois cent un mille logements seulement ont été achevés, et la chute s'est poursuivie régulièrement depuis.

Certes, les besoins sont moins criants qu'au sortir de la guerre. La proportion de la population ne disposant pas du confort jugé aujourd'hui minimal était alors à peine inférieure à 30 p. 100. Agir en faveur des mal-logés ou des sans-logis était donc à la fois une obligation morale et un investissement électoral rentable. Cette proportion n'est plus aujourd'hui que de 9 p. 100 ou 10 p. 100. L'amélioration n'est pas contestable ; il n'en est pas moins nécessaire de poursuivre l'effort.

Mais, la mode de l'ultralibéralisme aidant, le secteur économique lié à l'immobilier a été abandonné au raisonnement des économistes intégristes. Un logement n'est plus considéré comme un moyen de satisfaire un besoin humain, il est un objet de spéculation, une source de profits d'autant plus élevés que cet objet est plus rare. On a abouti ainsi au scandale de la multiplication des logements vides (cent dix-sept mille à Paris selon l'I.N.S.E.E. en 1992) et des immeubles de bureaux inutilisés (plus de un million et demi de mètres carrés, soit l'équivalent de vingt mille logements) alors que des dizaines de milliers de familles cherchent vainement un logement décent.

La concurrence est inégale entre les investissements financiers de plus en plus rémunérateurs et les investissements immobiliers toujours sous la menace d'un retour à des mesures favorables aux locataires. La situation actuelle est en fait l'aboutissement d'une incapacité à aller au terme d'une logique :

— ou bien l'on admet celle des économistes, et il faut accepter comme « naturels » les drames humains provoqués par la lenteur du processus par lequel le manque de logements entraîne un relèvement des prix, qui entraîne à la longue un accroissement des investissements, qui permet de répondre enfin aux besoins;

— ou bien l'on refuse ces drames, au nom d'une morale fondée sur le respect de tous, et l'on renonce totalement à ce mécanisme. La décision d'investir dans l'immobilier n'est plus alors soumise à un raisonnement économique élaboré sur la rentabilité, elle résulte d'une volonté collective exprimée par l'État. On passe de la logique de l'économie à la logique de la guerre.

Lorsqu'il s'agit de défendre l'intégrité du pays, chacun admet que rien n'est trop coûteux pour obtenir la victoire. Pourquoi ne pas avoir la même attitude lorsqu'il s'agit de défendre le droit de tous les citoyens à un traitement digne? Or la dignité est refusée à celui qui ne peut obtenir un logement.

Oui, il s'agit d'une guerre, non pas contre un ennemi plus ou moins arbitraire, mais contre l'injustice et la misère.

Malheureusement, notre société n'a compris l'importance de cet enjeu que fort récemment. En reconnaissant le « droit au logement » de tous les citoyens, la loi Besson de 1990 a enfin imposé une autre attitude: elle implique que dans tout le domaine concerné les décisions soient prises en respectant une finalité autre que celle proposée par les économistes.

Aujourd'hui, la solution du problème dépend uniquement de la volonté des pouvoirs publics. Le nombre des familles sans logement est inférieur au nombre de logements sans famille. Pour une fois, le « il n'y a qu'à » n'est pas une simple formule. « Il n'y a » effectivement « qu'à » attribuer d'office les logements laissés inoccupés avec pour seule raison la spéculation. Cela est d'autant plus facile que des lois toujours en vigueur le permettent. Pourquoi attendre ? Le seul argument est la crainte que les investisseurs, estimant que leur catégorie sociale est spoliée, se détournent de la construction de logements locatifs. Certes, cette crainte est fondée, mais y succomber revient à privilégier non le droit à la dignité des plus démunis, mais le droit à la rentabilité des détenteurs de capitaux.

Dans ce domaine comme dans beaucoup d'autres, notre société se trouve devant une bifurcation. La pire attitude est de prétendre s'engager dans une direction alors que l'action quotidienne s'enfonce dans une autre.

Emploi et chômage

Les jeunes d'aujourd'hui mettent en tête de leurs angoisses face à l'avenir non la guerre nucléaire, comme leurs aînés, mais le chômage. Et il est vrai que la majorité d'entre eux s'entendront dire un jour que la société n'a pas besoin d'eux; leurs capacités sont inutiles; par pure bonté, la société leur permettra de survivre grâce à quelques « petits boulots », ou au moyen d'allocations du type R.M.I. Ils sont « de trop ». En effet, la voie normale pour accéder à un revenu est de travailler pour mériter un salaire; or les progrès de la productivité sont tels que la production des biens exige de moins en moins de travail. La spirale se referme : moins de travail donc moins de salaire, moins de salaire donc moins de possibilités d'acheter les biens produits; moins de demande de biens donc moins de production...

Devant ce processus très semblable à l'agonie d'un être vivant, les économistes ont manifesté la pauvreté de leur imagination en traitant le travail comme un bien, d'autant plus précieux qu'il est plus rare. Ils évoquent le « partage du travail » comme ils préconiseraient le partage de la nourriture à une foule affamée; ils inventent quelques mécanismes astucieux pour faire apparaître des postes de travail nouveaux. Comme si le travail était un « bien » qu'il faut produire et répartir ! Or le travail n'est pas un bien, il est une malédiction, et même une malédiction divine si l'on en croit la Bible.

Il est possible de trouver l'étymologie du mot dans le terme latin *tripalium,* qui désignait un trépied sur lequel installer les animaux ou les hommes pour les torturer. Le travail est une torture. Et pourtant chacun a pu ressentir le bonheur de participer à la production d'un objet que d'autres désireront ou admireront, la fierté de faire « du beau travail ».

Le travail : torture ou bonheur ?

Dès le départ, il faut se méfier des mots ; travail est un de ces mots pièges qui provoquent des discussions inutiles car fondées sur un double sens. Il paraît de bonne méthode de réserver ce mot aux activités fatigantes, usantes pour le corps, asphyxiantes pour l'esprit, que l'on consent à faire faute d'une autre possibilité. L'ouvrier à la chaîne obligé de suivre le rythme imposé, la caissière de supermarché tapant les factures des clients, peuvent à bon droit se plaindre de leur « travail ». Mais le sculpteur qui peine sang et eau en arrachant quelques lambeaux de marbre, ou l'écrivain qui rature sans fin à la recherche de la bonne expression, ont une activité qui simultanément les épuise et les satisfait. Leur

« travail » n'est pas de la même nature que celui de l'ouvrier maniant un marteau-piqueur.

Il importe donc de distinguer ce qui est véritablement « travail » subi de ce qui est « activité », que ce soit un emploi au service de la collectivité ou une fonction délibérément choisie, gratifiante, même si elle provoque une fatigue intense. Avec cette définition, on peut admettre, en tout cas on peut souhaiter qu'un instituteur, une infirmière, un journaliste, etc., ne « travaillent » jamais, tout en étant souvent épuisés par leur activité. Toujours avec cette définition, seuls quelques masochistes, plus ou moins vicieux, peuvent souhaiter travailler; les autres ont simplement le désir d'avoir le plus de temps libre possible pour le consacrer à une activité qu'ils choisissent.

Dans l'humanité primitive, ce concept de « travail » devait être inconnu. L'individu qui, au lieu de partir à la chasse, restait dans la grotte de Lascaux pour peindre des bouquetins ne travaillait pas plus que ses camarades affrontant le gibier. Simultanément au concept de « propriété », celui de travail a dû apparaître avec l'invention de l'élevage et de la culture.

L'agriculteur produit plus de nourriture qu'il n'en a besoin, le surplus pouvant être utilisé par des individus qui ne produisent pas mais qui justifient leur ponction sur les récoltes par une fonction réelle ou imaginaire. Ainsi la société se structura-t-elle, à partir de l'époque néolithique, en trois grands groupes : les guerriers protégeant contre les exactions des ennemis, les prêtres protégeant contre les maléfices des dieux, et les travailleurs produisant et construisant.

Les biens disponibles résultent pour la presque totalité de l'activité des travailleurs. Leur répartition entre ces trois groupes ne peut qu'être arbitraire; elle résulte d'un rapport de forces élaboré soit sur la possession des armes, soit sur la capacité à inspirer la crainte de l'au-delà. Pour autant, les services rendus par chacun ne sont pas illusoires, même s'ils résultent de logiques fondées sur du néant. Les guerriers de la population A sont effectivement nécessaires pour la protéger des guerriers de la population B, qui tient le même raisonnement en sens inverse. Les armes s'accumulent aujourd'hui parce que les armes se sont accumulées hier; cette surenchère, qui a coûté si cher à tous les peuples, se poursuit encore alors qu'elle risque d'entraîner, avec l'arme nucléaire, le suicide collectif. Quant à la protection contre les vengeances divines, il aurait suffi d'admettre que ces puissances inconnues, et inconnaissables par définition, étaient fondamentalement favorables aux hommes, et non prêtes à les châtier, pour que le rôle des prêtres soit réduit à peu.

Il est arrivé, malheureusement très localement et pour peu de temps, que la fonction des guerriers apparaisse comme inutile. Les seigneurs, toujours prêts à prendre la tête de leurs troupes, n'en avaient plus l'occasion car la paix était imposée par le pouvoir central. Ce qu'ils savaient faire était devenu inutile ; ils étaient en chômage ; ils étaient « de trop ». Mais la société d'alors ne le leur a pas fait sentir. Petits hobereaux ou princes, ils ont continué à prélever leur part de la production des campagnes sans autre justification que le fait d'être hobereaux ou princes. Propriétaires, de génération en génération, de leurs terres et de leurs châteaux, ils sont devenus des aristocrates. Sans avoir été délibérée ni ressentie comme telle, on constate après coup que l'aristocratie a été le premier traitement social du chômage.

La Révolution a fait vaciller ce bel édifice, mais, surtout, le développement de l'industrie au cours du XIXe siècle a provoqué une transformation radicale des circuits de richesse. L'agriculture exploitait un capital donné par la nature, la terre, ou lentement accumulé au long des siècles, les fermes avec leurs outils et leurs animaux domestiques. L'industrie nécessite un apport massif et immédiat qui ne peut être fourni que par l'entremise d'un organisme capable de spéculer à long terme, la banque. Le banquier devient un acteur décisif du jeu de l'économie.

Se généralise alors le rôle du salaire. Le paysan était possesseur de sa production. En la vendant, il participait aux transactions qui définissent la valeur des biens. L'ouvrier ne possède pas ce qu'il produit ; la valeur résulte de processus sur lesquels il n'a aucune prise. Sa contribution à la création de richesses est reconnue par un salaire ; le montant de celui-ci ne peut résulter que d'un rapport de forces entre l'entrepreneur et le salarié, rapport à l'évidence déséquilibré. Sauf si les salariés peuvent s'entendre pour compenser leur infériorité par leur nombre. Mais cette entente, qui se manifeste par des syndicats, sera pendant longtemps considérée comme contraire à la loi.

La part grandissante de l'industrie dans l'ensemble de l'économie a donné au salaire un rôle déterminant dans les transferts de richesses. Les économistes ont polarisé une grande part de leur attention sur les conséquences de son évolution. Peu à peu, il a été admis comme une évidence que la justification essentielle de l'accès aux biens désirés était le fait d'avoir mérité un salaire. La lutte pour une meilleure égalité des conditions de vie a été transformée en une lutte pour l'amélioration des salaires les plus modestes. Le désir d'assurer au plus grand nombre un niveau décent s'est traduit par l'instauration d'un salaire minimal. Ces attitudes étaient parfaitement logiques dans une société où les biens sont le fruit du travail et où le travail se traduit par un salaire.

L'aphorisme « À chacun selon ses mérites » a été concrétisé par « À chacun selon le travail qu'il a fourni », puis « À chacun selon le salaire que mérite son travail ». Un glissement sémantique a modifié la connotation du mot « travail » ; d'obligation pénible, de malédiction décidée par Dieu, il est devenu la source de la dignité ; la capacité à travailler est devenue la mesure de la valeur humaine. Tel personnage peut avoir de multiples défauts, s'il est travailleur, tout est racheté.

Dans l'esprit des économistes, travail et salaire sont devenus les points de passage obligés du transfert des richesses entre ceux qui les produisent et ceux qui les consomment.

Au cours des dernières décennies, le bouleversement des modes de production a fait perdre sa pertinence à un tel regard. Malheureusement, comme toujours, les idées et les discours restent marqués par les réalités d'autrefois ; les décisions des gouvernants ne tiennent pas compte des mutations qui se sont produites, elles correspondent aux contraintes d'un monde qui a disparu.

Le refus de prendre en compte ces mutations est manifeste dans l'emploi constant du mot « crise ». Par définition, une crise est un passage difficile, mais provisoire; elle dure plus ou moins longtemps; un jour elle prend fin; la société recouvre alors la prospérité et les conditions d'avant la crise. Le rôle des hommes politiques est de faire prendre patience en attendant la sortie de la crise. Ainsi faisait le président de la République déclarant aux Français en juillet 1979 : « Partez en vacances tranquilles, la fin de l'année verra la fin de la crise. »

Autre vocable constamment utilisé dans les incantations officielles : la croissance. Une croissance suffisante créera des emplois et résorbera le chômage. Les économistes ont fait leurs calculs; pour la France, une croissance de 4 p. 100 par an permettrait de diminuer le nombre des chômeurs de 2 p. 100 par an. Mais personne n'ose mettre en lumière l'impossibilité absolue d'une telle croissance et son inefficacité évidente dans la lutte pour le plein-emploi.

Admettons que les calculs des économistes soient justes et tirons-en les conséquences par une arithmétique facile. Une augmentation annuelle de 4 p. 100 correspond à un doublement tous les dix-huit ans, à une multiplication par quatre en trente-six ans, par sept en un demi-siècle (car, faites le calcul : $1,04^{50} = 7,1$). Il faudrait donc admettre qu'en l'an 2044 les Français consommeraient sept fois plus de richesses non renouvelables de la planète qu'actuellement !

Et cette boulimie n'aurait guère apporté la solution du problème de l'emploi, puisque le nombre de chômeurs n'aurait été réduit que de 64 p. 100 (en effet : $0,98^{50} = 0,36$). Les trois millions quatre cent mille chômeurs seraient encore plus de un million. Beau résultat après cinquante années d'efforts !

Non seulement le scénario de la croissance se heurte à une impossibilité physique, mais il aboutit à un échec total dans la recherche du plein-emploi. Cela n'empêche pas les hommes politiques de tous bords d'attendre, comme sœur Anne, « le retour de la croissance ».

Il ne s'agit pas de trouver une issue à la crise, mais de tirer les conséquences d'une mutation profonde, ce qui suppose un effort d'imagination devant lequel notre esprit est plus réticent que notre corps devant un travail pénible. Souvenons-nous des premiers wagons de chemin de fer : par continuité, les fabricants leur donnaient la forme des anciennes diligences ; de même, les premières voitures sans chevaux ressemblaient aux calèches ; leurs constructeurs avaient simplement remplacé le cheval par un moteur sans remettre en cause l'ensemble de la structure.

Nous commettons la même erreur en nous contentant de réduire de une ou deux heures par semaine la durée du travail ou d'ajouter une semaine aux congés annuels. Lorsque quelques poissons, il y a quatre cents millions ou cinq cents millions d'années, ont quitté le milieu aquatique si protecteur pour explorer les terres émergées, ils ont fait face non à une crise mais à une mutation. L'humanité vit en cette fin de siècle un bouleversement à peine moins radical.

L'économisme et l'agriculture

Chacun peut l'entendre répéter, l'agriculture européenne produit des surplus si importants que l'aide à leur écoulement ruine les finances de la Communauté. Pour tenter de réduire cette aide, des primes sont offertes aux agriculteurs qui acceptent de ne pas cultiver leurs terres, étrange aberration lorsque tant d'hommes ne mangent pas à leur faim. Comment en est-on arrivés à une situation aussi scandaleuse ?

L'origine de ces difficultés est connue : l'amélioration des rendements. Depuis le milieu du siècle, ces rendements ont été multipliés au moins par quatre, alors qu'au sortir de la guerre ils étaient à peine supérieurs à ceux obtenus il y a un siècle. La fin des hostilités a en effet rendu disponibles les usines qui fabriquaient des explosifs ; elles ont pu, à peu de frais, se reconvertir et produire des engrais azotés. Le faible prix de ceux-ci a incité les agriculteurs à les utiliser sans retenue. Ils ont choisi les variétés capables de croître avec des doses élevées de ces engrais. Ces variétés, sélectionnées dans les stations d'amélioration en vue de maximiser leur capacité d'absorption de l'azote, présentent les défauts de toutes les plantes sélectionnées sur une caractéristique unique : elles sont fragiles ; il faut donc les protéger contre toutes les attaques de l'environnement, d'où la nécessité d'utiliser à haute dose des herbicides, des pesticides, des fongicides, et même des « raccourcisseurs » qui limitent la hauteur des tiges et réduisent le risque de verse. Les blés deviennent semblables à des athlètes tricheurs qui ne doivent leurs performances qu'au dopage. Une partie de ces produits s'accumule dans la terre ; ils sont entraînés par les pluies et polluent les ruisseaux, qui empoisonnent les rivières.

Répandre ces produits nécessite un matériel coûteux; pour l'acquérir, les agriculteurs empruntent, s'endettent; ceux qui ne cultivent qu'une petite surface ne peuvent faire face, abandonnent et viennent grossir la population des sans-travail des banlieues. Les grandes exploitations deviennent de véritables entreprises industrielles liées à des banques, soumises aux aléas d'événements sur lesquels elles n'ont pas de prise, comme les variations du prix du pétrole.

Les éléments nécessaires pour produire du blé étaient autrefois la terre, le soleil, et la sueur des bêtes et des hommes. Aujourd'hui, la terre ne compte guère, les animaux ont disparu, les hommes continuent à se fatiguer, différemment mais au moins autant qu'avant, et le reste des ingrédients est fourni par l'industrie. Certes, le rendement à l'hectare s'accroît régulièrement, mais ce terme n'a plus le même sens, puisque le rôle de la terre s'est amoindri. Il faut comparer la récolte non à la surface qui lui est consacrée, mais à l'ensemble des produits de toutes natures qu'il a fallu consommer pour l'obtenir (les intrants). Le bilan est alors beaucoup moins glorieux. Ce que met en évidence le prix de revient élevé des céréales produites. Encore ce prix ne tient-il pas compte de charges qui, en bonne logique, devraient lui être imputées : coût des pollutions induites qui détruisent peu à peu l'écosystème, coût du déplacement de populations qui avaient un toit au village et pour qui il faut construire des barres ou des tours dans les grands ensembles.

Pour diminuer ces prix de revient, l'exploitant recherche des variétés toujours plus capables de se gorger d'engrais ; la production augmente et dépasse de beaucoup la demande des populations capables de l'acheter à ce prix. Pour trouver de nouveaux débouchés, notre société donne les céréales à manger aux animaux, qui transforment, cette fois avec un rendement extrêmement faible, ces céréales en viande, viande que nous mangeons au détriment de notre santé.

Au terme de ce processus, peut-on vraiment chanter la gloire d'un mécanisme économique qui a permis de diviser par cent le nombre d'heures de travail nécessaires pour produire un quintal de blé ? Il est vrai que si cette perspective avait été présentée aux paysans du XIXe siècle, ils se seraient réjouis et auraient imaginé les nombreux jours de fête permis par ces progrès. Vivement les machines ! Aujourd'hui, cette utopie est devenue réalité, et il n'y a plus dans les villages ni paysans ni fêtes.

Il reste quelques retraités moroses qui n'ont même pas la joie d'aller boire l'eau de la fontaine — chargée de nitrates, elle est déclarée non potable.

À chaque stade pourtant chacun a agi dans le sens d'une amélioration : les agronomes ont sélectionné avec compétence des hybrides nouveaux plus performants; les chimistes ont fait appel aux techniques les plus fines pour mettre au point des produits plus efficaces; les cultivateurs ont eu le courage d'accepter le jeu du progrès et de modifier les techniques ancestrales; les représentants du gouvernement les ont félicités de leur audace et ont soutenu leurs efforts à grands coups de subventions. Chacun a fait ses calculs; la conclusion était claire : pour améliorer la rentabilité, pour rester compétitif, il fallait agir ainsi. Le raisonnement de chacun était fondé; mais l'addition de plusieurs logiques rigoureuses, chacune dans son cadre, peut aboutir globalement à une logique du fou.

Qui s'est trompé? Tous sans doute, en prenant pour fondement de leurs décisions les mots clés devant lesquels chacun se prosterne : concurrence, rentabilité, compétitivité. Or ces mots ne sont définis qu'à l'intérieur des limites d'une entreprise; leur sens se transforme ou même disparaît lorsque l'on applique ces concepts à une collectivité humaine. Un proverbe américain affirme : « Ce qui est bon pour la General Motors est bon pour les États-Unis. » Il a sans doute été inventé par quelque entrepreneur voulant camoufler son égoïsme dans la prétendue recherche du bien collectif. Admettre ce proverbe, c'est croire à l'additivité des résultats obtenus par les divers agents contribuant à l'activité économique, or cette additivité n'est nullement démontrée et ne pourrait correspondre qu'à une situation exceptionnelle. En économie, comme dans tous les domaines, que ce soit la biologie ou la géologie, « deux *plus* deux font quatre », certes, mais « deux *et* deux » font n'importe quoi ; tout dépend de la nature de l'interaction évoquée par le terme « et ».

L'économisme dans la vie quotidienne

Depuis que les hommes ont imaginé de comparer tous les biens disponibles au moyen d'une caractéristique commune, la « valeur », mesurée par un prix, lui-même exprimé au moyen d'une unité, la monnaie, leur obsession a été d'acquérir cette monnaie, qui permet d'accéder à tous les biens désirables. Le « règne de l'argent » s'est imposé. Le constat de l'importance de cet argent n'est pas nouveau. Quand les drames humains ne sont pas le fruit de l'amour déçu ou de la jalousie, ils sont liés à la fortune et à son partage.

Ce qui est nouveau, dans la société de cette fin de siècle, est l'omniprésence, dans les arguments justifiant telle ou telle décision, des raisonnements économiques. Il ne s'agit pas seulement d'arrondir son bas de laine, mais d'insérer l'essentiel de son existence dans le processus de la concurrence, de la compétition, où les maîtres mots sont rentabilité et victoire du meilleur. L'objectif affiché est de devenir un « gagnant », comme si un gagnant n'était pas, par définition, un producteur de perdants. En nous présentant cette attitude de combat permanent de chacun contre les autres, comme une conséquence nécessaire de la « lutte pour la vie » qui s'impose à tous les êtres vivants, les économistes ont enfermé les hommes d'aujourd'hui dans une logique aboutissant à l'échec final de tous.

Mais cet échec généralisé est camouflé par les réussites locales, provisoires. Chaque événement ponctuel est présenté comme bénéfique, alors que la succession de ces événements ne peut conduire qu'à la catastrophe finale. L'exemple le plus évident de cette tromperie, à la longue dramatique, est celui de ces champions qui ont tout misé sur le succès, qui l'ont obtenu, qui ont amassé gloire et fortune, et qui se trouvent, le sort des matchs ayant tourné, devant le désespoir d'une vie grotesquement ratée.

À chaque dose, une drogue semble bénéfique dans l'immédiat, elle soulage, elle procure un bien-être; mais le besoin en est chaque jour plus grand, et sournoisement elle tue. Nos acceptations quotidiennes de la logique économiste sont semblables à des prises de drogue : elles ne peuvent que conduire à une débâcle globale. Évoquons trois exemples, les abus de la publicité, ceux du sport et le rôle croissant des jeux de hasard.

*

Vous sortez de Paris un jour de printemps et prenez la route de Beauvais; vous traversez le « pays de France » où s'étalent de merveilleux vergers en fleurs, dans une splendeur de couleurs pastel. Mais de cette splendeur vous ne verrez rien; de chaque côté, la route est bordée de centaines d'immenses panneaux qui vous persuadent que les soutiens-gorge X sont plus confortables que les soutiens-gorge Y, que les yaourts U sont meilleurs que les yaourts V, ou qui énoncent des phrases totalement dépourvues de sens telles que : *Avec Carrefour je positive!* Toutes les routes nationales, à l'entrée des villes, petites ou grandes, ont été ainsi défigurées par des afficheurs qui semblent faire assaut de stupidité, de cynisme et de mauvais goût. Comment en est-on arrivés à une telle destruction systématique de ce qui faisait le plaisir d'aborder une nouvelle agglomération, avec son style, avec sa façon à elle d'accueillir le voyageur ?

Aujourd'hui, vous entrez dans Cahors, dans Besançon ou dans Soissons entouré par les mêmes slogans ridicules, les mêmes images d'une laideur repoussante. Les gamins qui osent taguer les murs sont menacés de tous les châtiments ; les afficheurs, eux, ont carte blanche pour détruire nos paysages.

Faisons l'hypothèse, sans doute conforme à la vérité, que les coupables n'ont pas la volonté délibérée de s'attaquer à ce qui faisait le charme des routes. Ils ont pris leurs décisions et commis leurs méfaits en vertu d'un raisonnement économique : les marges bénéficiaires sont faibles, pour améliorer les résultats de l'entreprise, il faut vendre plus, donc s'adresser au client, le convaincre d'acheter. Mais il est impossible d'y parvenir avec des arguments sérieux, car ceux-ci n'existent pas : chacun sait que l'essence X et l'essence Y sont équivalentes. Il faut donc, au-delà de la logique, créer des réflexes, et pour cela agresser les futures proies au moment où leur esprit est sans défense. La route est le lieu idéal pour cette agression. Le conducteur ne pense qu'aux signaux et aux autres véhicules ; ses passagers surveillent ses manœuvres ou s'ennuient. Les yeux de tous captent, sans qu'ils en aient conscience, les messages délivrés par les panneaux publicitaires. Par pur réflexe, ils iront demain « positiver » à Carrefour.

Ce merveilleux processus a un inconvénient : chaque annonceur joue contre les autres ; si X a installé cent panneaux, Y, pour l'emporter, doit en installer cent vingt, et l'escalade se poursuit. Le résultat est la catastrophe esthétique que chacun peut constater, une pollution des routes équivalant à la pollution des rivières et des fleuves.

L'affichage routier n'est qu'un cas extrême des abus de la publicité qui, pour arriver à ses fins, doit décerveler les citoyens. Ceux-ci ne sont plus que des consommateurs qu'il faut manipuler, transformer en une foule docile, à qui l'on peut faire prendre des vessies pour des lanternes. Cet objectif est naïvement avoué par l'usage d'une expression dont le cynisme éhonté n'est plus perçu tant elle est utilisée : « améliorer l'image de marque ». Il ne s'agit plus d'améliorer la réalité des produits offerts par une grande entreprise sous une marque commune, mais la perception floue qu'en ont les acheteurs. Ceux-ci sont considérés ouvertement comme assez stupides pour acheter telles cigarettes non parce qu'elles sont meilleures, mais parce que le dernier Grand Prix a été remporté par une voiture sur laquelle leur nom était écrit. Il est clair que cette victoire dépendait de la tenue de route du châssis, de la puissance du moteur, en aucune façon de la cigarette; elle en améliore pourtant les ventes. Ce ne peut être que le signe d'une débilité collective, débilité provoquée et entretenue.

Étrangement, sans doute victimes eux-mêmes de la manipulation dont ils sont coupables, les publicitaires se glorifient de leur pouvoir au lieu de le camoufler. Au cours de l'été 1994, des affiches vantant l'efficacité de la publicité montraient des personnages visiblement dépourvus de cerveaux répétant les slogans qui avaient le plus matraqué le public au cours des mois précédents; seul manquait le nom du produit, que chacun rétablissait sans le vouloir : *Un... sinon rien, Avec... je positive.* Dans l'esprit du passant, les points étaient remplacés automatiquement, inconsciemment, par Ricard ou par Carrefour. Le message adressé par les afficheurs aux annonceurs était clair : « Voyez comme nous sommes efficaces. » Perçu par les consommateurs, il était : « Voyez comme nous avons su vous manipuler. » Il est difficile d'imaginer aveu plus net : pour atteindre son objectif, la publicité doit d'abord nous rendre idiots.

Le pis, dans cette débâcle du bon sens, est que personne ne réagit. Nous prenons l'habitude de cette gangrène comme un malade qui s'habitue à son mal, ou comme un drogué qui demande constamment des doses plus fortes. Nous nous sommes collectivement inclinés devant un raisonnement économique et le prenons pour une fatalité : la santé de l'économie du pays en dépendrait... Or ce raisonnement est faux. Le contre-exemple montrant l'inutilité de l'affichage routier, pour s'en tenir à ce cas, est fourni par une nation, la Suisse, où l'État a interdit toute forme de publicité le long des routes. Ce pays en est-il moins performant ?

*

Malgré une consonance anglaise, « sport » vient d'un vieux mot français qui, jusqu'au milieu du XIXe siècle, se prononçait « desport » ou « déport ». « Se déporter » signifiait s'amuser. Faire du sport, c'est utiliser toutes les ressources de son corps, nerfs et muscles, pour le dominer, jouer, individu face à un autre individu ou équipe face à une autre équipe, et y trouver une source de joie.

Tout naturellement, cette source de joie est partagée non seulement par ceux qui jouent mais aussi par ceux qui assistent ; ils s'enthousiasment pour le spectacle ; pour y accéder, ils sont prêts à débourser un peu de leur richesse, à payer.

Le sport est ainsi devenu un spectacle payant, une activité prenant sa place dans l'ensemble du mécanisme de l'économie. Le déclin, au cours de ce siècle, des enthousiasmes liés à la politique ou à la religion a laissé une place vide occupée aujourd'hui par le sport ; les passions déclenchées par les exploits des athlètes ou des équipes se sont exarcerbées sans mesure. L'assistance à un match tient lieu aujourd'hui d'assistance à la messe ou de participation à un meeting syndical.

Le chômage, surtout chez les plus jeunes, a généralisé le temps libre, ou plutôt le temps vide, qu'il faut, vaille que vaille, remplir ; l'engouement pour l'équipe de foot locale y pourvoit.

Le pouvoir voit sans déplaisir les frustrations et les colères engendrées par une vie sans espoir trouver un exutoire dans la frénésie des fins de match. Pendant qu'ils braillent « On a gagné », les sans-emploi ne pensent pas à faire la révolution.

Tout concourt ainsi à une explosion de la place de ces jeux dans la vie quotidienne d'un peuple. Des circonstances semblables avaient provoqué l'engouement pour le cirque dans l'Empire romain de la décadence. De riches entrepreneurs ont alors constitué des équipes de gladiateurs grassement payés ; elles remplissaient le Colisée d'une foule d'autant plus satisfaite qu'on lui offrait en prime le spectacle de quelques chrétiens dévorés par des lions.

Aujourd'hui, quelques personnages fortunés ou avides de fortune constituent des équipes de foot en achetant à prix exorbitants quelques joueurs au talent reconnu. Ils attirent les foules dans leurs stades-vélodromes avec, en prime, le combat, dans les prétoires ou dans les colonnes des journaux, des juges contre les présidents de clubs.

Toute cette activité n'a évidemment plus rien à voir avec le sport. Il s'agit de spectacles de gladiateurs dont le seul objectif est de provoquer les bénéfices les plus élevés possibles. Le seul progrès par rapport à la Rome finissante est que ces gladiateurs ne risquent plus leur vie, à l'exception cependant des courses automobiles, qui sont sans doute le plus bel exemple de cynisme et d'imbécillité.

Le domaine où le sport prétend préserver au mieux son authenticité, les Jeux olympiques, est lui-même gangrené. Pierre de Coubertin rêvait de faire se rencontrer des athlètes de tous pays pour le seul plaisir de l'émulation. Le moteur de cette activité est aujourd'hui uniquement l'argent. Les Jeux de 1996 auront lieu à Atlanta, pour la seule raison que cette ville abrite le siège social de Coca-Cola, et que cette entreprise en est le principal « sponsor ». On ne saurait mieux mettre en évidence que ce mot anglais a pour équivalent français le mot « proxénète ».

Quant au successeur de Pierre de Coubertin, le président du Comité olympique international, il est un homme d'affaires catalan qui a commencé sa carrière dans le sillage de Franco et qui ne songe qu'à faire des Jeux une entreprise rentable. Au point que le secrétaire perpétuel de l'Académie française a pu écrire dans la préface d'un livre consacré à ce personnage : *Le cœur de Pierre de Coubertin repose à Olympie. Est-ce à Wall Street qu'il faudra déposer le vôtre ?* On ne saurait mieux dénoncer le détournement de l'idéal olympique par l'économisme.

Mais le sommet de l'hypocrisie est atteint lorsque des objectifs purement économiques se camouflent en faisant appel non seulement au sport, mais aussi à l'aventure. Aller de Paris à Dakar est certainement une aventure humaine merveilleuse, à condition de parcourir le trajet le plus lentement possible. Qu'apporte la vitesse, sinon la possibilité infantile d'établir un classement à l'arrivée ? Devenu une course, le Paris-Dakar n'est plus qu'un jeu stupide, dangereux, que gagne le plus capable de dépenser, et qui manifeste avec une morgue insupportable le mépris des Européens repus pour les Africains qui crèvent de faim. Une fois de plus, l'économisme a tout perverti.

*

Longtemps les États ont interdit les jeux de hasard grâce auxquels quelques malins peuvent facilement s'enrichir aux dépens de nombreux naïfs. Mais l'attrait pour ces jeux est si grand qu'ils les ont finalement autorisés... *à condition d'en être les bénéficiaires.* Avant-guerre, la Loterie nationale permettait à quelques veuves de subsister en vendant des billets, et aux acheteurs de nourrir un espoir de fortune hebdomadaire.

Aujourd'hui, nous sommes loin de cette activité marginale et bon enfant. Une véritable industrie s'est mise en place qui mobilise presque chaque semaine des foules considérables ; un matraquage publicitaire permanent fait miroiter les sommes fabuleuses que toucheront les heureux gagnants. Mais ces foules ne constituent pas un échantillon représentatif de la population ; les plus pauvres y sont les plus nombreux. Car les plus acharnés à tenter leur chance, malgré les déconvenues répétées, sont ceux dont le seul espoir d'avoir enfin une vie digne est de toucher « le gros lot ».

Au passage l'État prélève au moins 30 p. 100 des mises. L'espérance de gain telle que peut l'évaluer un statisticien est largement négative. Ces jeux sont donc l'habillage d'un impôt, l'impôt sur l'absence d'espoir. Plutôt que de se glorifier du succès de cette activité et d'inventer en permanence de nouvelles formules afin de tenter des foules plus nombreuses encore, nos sociétés devraient y voir le signe d'une terrifiante montée du désespoir.

L'économisme et la misère du monde

Comme tous les intégrismes, l'intégrisme « libéral » pratique le prosélytisme. Détenteur de la seule vérité, il adopte une organisation de la société supposée la seule efficace et n'a de cesse de la transmettre et de l'imposer à tous.

Cette attitude a été celle de la plupart des religions. Pour répandre la bonne parole, les chrétiens n'ont guère hésité, durant de nombreux siècles, à recourir à la force ; l'ombre de la croix du Golgotha a souvent pris la forme d'une épée menaçant les peuples païens ; pour diffuser le Coran, les musulmans ont parfois donné au croissant de l'Islam la forme d'un cimeterre menaçant les infidèles.

Aujourd'hui, les sectateurs de l'économie de marché veulent faire le bien des peuples du Sud en leur imposant leurs critères de réussite. Ils retrouvent le comportement des bonnes dames de la bourgeoisie du passé prêtes à faire la charité à un pauvre à condition qu'il soit « méritant ».

Cette attitude est typiquement celle des deux organismes conçus lors de la dernière guerre pour préparer la reconstruction de l'Europe et pour faciliter les échanges commerciaux en dépit des problèmes de financement éprouvés par certains pays. La Banque mondiale et le Fonds monétaire international devaient apporter une solution aux difficultés des pays dévastés par le conflit ou trop pauvres pour accéder à un niveau de vie décent. Ils ont incontestablement joué un rôle bénéfique lors des années de remise en état de l'économie mondiale après les destructions de la période 1939-1945. Puis, comme tout organisme, ils ont évolué et adopté une autre finalité. Leur objectif est devenu le maintien, et même l'élargissement, de leur propre pouvoir.

Aux Nations unies, la règle est d'attribuer un vote à chaque nation, quelle que soit son importance. À la Banque mondiale et au F.M.I., au contraire, le pouvoir de chaque nation est proportionnel à sa contribution financière. Les pays les plus riches, ceux du G7 en particulier, imposent donc pratiquement leur politique. À travers ces deux organismes, ils ont, de fait, un pouvoir exorbitant qui n'est guère cohérent avec les objectifs de démocratie hautement affirmés.

Au cours des dernières décennies, l'endettement des pays dits du Sud a abouti à leur mise sous tutelle. Incapables de rembourser les sommes déjà empruntées et depuis longtemps dilapidées, incapables même d'en payer les intérêts, ils sont contraints de solliciter une nouvelle aide. Le F.M.I. leur impose alors un « Plan d'ajustement structurel » (un « P.A.S. ») qui est supposé mettre leur économie en un état tel qu'ils pourront à l'avenir faire face à leurs engagements. Pour y parvenir, ils doivent « réduire leur train de vie », c'est-à-dire dévaluer leur monnaie (ce qui rend plus chers les produits importés et réduit la consommation), privatiser les entreprises étatisées et comprimer le déficit budgétaire en diminuant les effectifs de fonctionnaires.

Pour commencer à rembourser leur dette, ces pays « sous P.A.S. » sont incités à produire non les biens consacrés à la consommation locale, mais les marchandises qu'ils peuvent exporter. La même médecine étant imposée à de nombreux pays, ceux-ci sont en compétition pour écouler ces biens échangeables sur les marchés internationaux ; cette compétition en fait baisser les prix pour le plus grand profit des acheteurs, les grandes sociétés multinationales. Selon les Nations unies, l'indice des prix des produits exportés par le Sud est passé de 100 en 1980 à 48 en 1992 ; autrement dit, ces pays ont dû exporter des quantités deux fois plus grandes pour pouvoir rembourser la même somme. On imagine les conséquences pour leurs peuples, déjà à la limite de la survie. Comble d'hypocrisie, cette cure d'amaigrissement imposée aux affamés par les bien nourris enfonce les premiers dans une misère toujours plus insupportable et permet aux seconds de se présenter comme des sauveurs.

Et même de faire de beaux discours sur la nécessité d'instaurer un régime démocratique. Or les privations supportées par les plus démunis les précipitent dans une situation telle que la révolte est leur seul espoir. Dans de nombreux pays soumis à un P.A.S., des émeutes sanglantes ont éclaté. Les pouvoirs en place ont répondu par une répression souvent brutale. Le processus aboutit nécessairement à un régime de plus en plus dictatorial, ce qui permet aux nations riches de refuser des aides nouvelles au nom de la morale.

Certes, ce mécanisme diabolique n'a pas été mis en place par pure méchanceté ; ceux qui détiennent le pouvoir sont persuadés que, par leurs exigences, ils contribuent à améliorer la santé économique aussi bien des nations mises « sous P.A.S. » que de l'ensemble de la planète. Malheureusement, pour juger de cette santé, ils ne savent se référer qu'aux critères définis par les économistes : évolution des prix, niveau de l'endettement, accroissement du P.N.B. par habitant.

Dans tous leurs raisonnements, il n'est question que d'argent, jamais d'hommes.

L'objectif affiché est une mondialisation de l'économie obtenue grâce à une dérégulation des échanges. Tout ce qui entrave ceux-ci (droits de douane, contingentements...) est considéré comme un obstacle au développement de la production des biens utiles à tous. Les bienfaits de cette mondialisation sont présentés comme une évidence, comme un dogme que seuls quelques idéologues osent remettre en cause : si vous voulez la satisfaction des besoins des hommes partout sur la Terre, vous devez démanteler les barrières douanières. À l'occasion des discussions provoquées par la négociation des accords du G.A.T.T., au cours de l'Uruguay Round de 1993, les États-Unis ont exhibé un modèle économétrique qui, au moyen de soixante-dix-sept mille équations traitées par de puissants ordinateurs, démontrait que ce démantèlement accroîtrait, à lui seul, de plus de deux cents milliards de dollars la valeur de la production mondiale. L'argument semble de poids. À la réflexion, rien ne prouve que ces innombrables équations représentent la réalité ; le caractère abusivement imposant de ce modèle, si complexe qu'il déjoue toute tentative de vérification de sa pertinence, suffit à susciter la méfiance. Pour de nombreux économistes, il s'agit plus d'une mystification que d'une réflexion apportant des éléments valables.

On peut surtout remarquer que, si importante que soit la somme de deux cents milliards de dollars, elle ne représente, également répartie entre les habitants de la Terre, qu'à peine deux cents francs français par personne, pas de quoi soulager de façon significative la misère du Sud. Or le plus probable est que cette répartition ne serait nullement équitable. Les nations du Nord bénéficieraient de la plus large part de ce surplus.

Même si elle avait des effets globalement favorables, cette mondialisation généralisée priverait de toute protection les États les plus vulnérables. L'humanité d'aujourd'hui est faite de sociétés extrêmement disparates ; les organisations sociales, les systèmes de protection de la santé ou de l'environnement, les droits reconnus aux travailleurs, les aides aux plus démunis sont sans commune mesure d'un pays à l'autre.

Il est certes souhaitable qu'un alignement sur les systèmes les plus respectueux des hommes soit un jour réalisé ; la mondialisation souhaitée sera alors tout naturellement obtenue. Mais en voulant la réaliser dans la situation actuelle on met la charrue avant les bœufs. Au lieu de permettre une coopération bénéfique, elle génère une guerre économique généralisée dont la conséquence sera un alignement sur les systèmes sociaux les moins favorables.

Quand le maître mot est « concurrence » et quand les décideurs suprêmes sont des entrepreneurs, toutes les charges non liées directement à la production doivent être réduites ; la conséquence immédiate est un recul social. C'est au nom de la compétitivité que le Sénat des États-Unis s'oppose à des lois apportant enfin un début de couverture sociale aux quarante millions de citoyens américains qui en sont privés ; c'est au nom de la compétitivité que les entreprises européennes « délocalisent » leur production en Thaïlande ou aux Philippines, mettant en chômage leurs ouvriers et en esclavage des enfants asiatiques.

Ici encore les mots distillent souterrainement leurs poisons. « Protectionnisme » évoque une attitude craintive, un manque d'audace, de courage ; « Libéralisme » sonne comme « liberté ». Mais de quelle liberté s'agit-il pour les enfants de dix ans obligés par la misère de quitter leur village et de venir travailler à Bangkok dans des ateliers sordides pour un salaire dérisoire, quand ce n'est pas pour alimenter en chair fraîche les maisons de prostitution ? La véritable liberté est indissociable de la protection des plus faibles. Le libéralisme à l'occidentale est synonyme d'esclavage pour la grande majorité des hommes, qu'ils soient citoyens des pays du Sud ou relégués dans les couches défavorisées des pays du Nord.

La tâche la plus urgente n'est pas de livrer, comme le font actuellement la Banque mondiale et le F.M.I., les démunis à l'appétit des nantis, mais de préserver durablement les garanties sociales ou écologiques obtenues, au prix souvent de dures luttes, par certains. Puis d'étendre ces garanties à tous les terriens.

L'économisme et la guerre

La guerre a été longtemps le domaine où les décisions majeures échappaient aux économistes. L'objectif était la victoire, quel qu'en fût le coût. Souvenons-nous du programme de gouvernement de Clemenceau en 1917 : « Je fais la guerre; je fais la guerre; je fais la guerre. » Tout le reste était subordonné à ce but. L'économie s'est vengée après coup. La France, la Grande-Bretagne ont finalement fait partie du camp vainqueur, mais à un prix terrible. Elles ont consacré à la bataille toutes leurs richesses, toutes leurs forces. Elles sont sorties de l'épreuve fières, mais exsangues.

Cette époque est dépassée. La guerre n'est plus l'ultime recours pour défendre la liberté d'un peuple; elle est devenue un moyen d'améliorer les bénéfices de quelques entreprises. Certes, depuis toujours, les sacrifices de beaucoup permettaient à quelques trafiquants de faire fortune au passage. Mais cela était comme le sous-produit détestable et souvent dénoncé d'une période où les repères devenaient flous.

Aujourd'hui, la préparation d'une éventuelle guerre représente, dans la plupart des pays, y compris les plus pauvres, une part considérable de l'activité économique. Dans notre pays les dépenses consacrées à la Défense nationale ont été pendant longtemps supérieures à celles consacrées à l'Éducation nationale. Depuis la fin de la guerre froide, elles ont enfin été lentement réduites et ne sont plus aujourd'hui (1994) la première charge du budget de l'Etat. Elles en restent l'une des principales.

Les nations à l'industrie développée ont utilisé leur savoir-faire pour mettre au point des armes dont l'efficacité provoque l'admiration de tous ceux qui sont sensibles aux prouesses de la technique : bombes qui se guident elles-mêmes vers l'objectif, chars qui gardent leur précision de tir tout en avançant à grande vitesse sur un terrain chaotique, avions décollant verticalement, caméras capables de distinguer les plus petits détails dans l'obscurité ; il semble que rien ne soit impossible aux ingénieurs. Comme tout cela coûte fort cher en études préliminaires, il est nécessaire de rentabiliser celles-ci en produisant des séries importantes ; si importantes qu'elles dépassent les besoins raisonnables. Cette rentabilité ne peut être obtenue qu'en exportant ces armes à qui voudra bien les acheter. Les acheteurs ne peuvent être les autres nations développées qui se trouvent face au même problème ; restent les nations pauvres, toutes prêtes à se doter d'un arsenal merveilleux qui renfloue le moral du peuple lors des défilés militaires. L'inconvénient est que ces nations sont incapables de payer des jouets aussi coûteux. Qu'à cela ne tienne : les banquiers sont là pour fournir les crédits nécessaires. Au passage, les circuits financiers mis en place sont si complexes que quelques prélèvements sur les sommes en transit peuvent être effectués, sans trop de risque, au profit de personnages influents du Nord ou du Sud, grâce à quelques comptes dans les banques des paradis fiscaux. Tout est vraiment pour le mieux, jusqu'au jour où lesdits banquiers demandent le règlement des emprunts, augmentés du montant des intérêts.

La dette du tiers-monde, qui doit finalement être payée par quelqu'un, correspond pour une part non négligeable (environ 20 p. 100) à des achats d'armes. Fort heureusement, ces armes n'ont pas été pour l'essentiel utilisées dans des combats, mais elles sont mises hors d'usage par le progrès des techniques. Une part de cette dette est un jour annulée, ce qui revient à faire payer ces dépenses par les citoyens du Nord ; le reliquat est remboursé par les peuples du Sud soumis à la pression du F.M.I. exigeant d'eux une diminution supplémentaire de la satisfaction de leurs besoins !

L'ensemble des armes achetées par les pays en cours de développement représente chaque année une somme de l'ordre de cent trente milliards de dollars, soit sept cents milliards de francs. Il est clair que la suppression de ce commerce florissant poserait des problèmes d'adaptation aux pays fournisseurs. Chaque fois qu'un contrat d'achat de quelques centaines de chars ou quelques dizaines d'avions est obtenu, le gouvernement chante victoire et fait ressortir l'importance de ce succès dans la lutte contre le chômage. Les syndicats ouvriers, soucieux de défendre l'emploi, ne sont pas les derniers à se réjouir. Dans l'immédiat, certes, l'affaire est localement bénéfique ; mais au prix d'une avance supplémentaire dans une direction globalement suicidaire.

À quoi bon cette débauche de recherches, de mises au point techniques, d'efforts de production, lorsque les matériels réalisés ne seront, peut-on espérer, jamais utilisés ? Les sommes distribuées aux chercheurs, aux ingénieurs, aux ouvriers, ont permis de faire tourner l'économie à un meilleur rythme, mais pourquoi les productions de guerre auraient-elles une plus grande vertu pour atteindre cet objectif que les productions de paix ? L'exemple américain est souvent cité. En 1940, ce pays peinait à sortir de la grande récession consécutive au krach de 1929. La préparation de l'aide aux

Alliés puis l'entrée en guerre provoquèrent l'embauche de sept millions de travailleurs, en plus de la mobilisation de trois millions de soldats. Il n'était plus question de chômage ; la prospérité économique était recouvrée. Les armes avaient su réaliser le miracle de la sortie de la crise, ce que n'avaient pu faire les projets pacifiques.

Ce n'est pas là une fatalité ou la conséquence de quelques lois naturelles ; ce n'est que le signe d'une volonté humaine plus affirmée lorsqu'il s'agit de se battre contre d'autres hommes que lorsqu'il s'agit de se battre contre un ennemi commun des hommes, épidémie, catastrophe naturelle ou misère.

Le problème est proprement politique ; c'est l'organisation de la cité qui est en cause : qui a finalement l'autorité suprême ? Aujourd'hui, ce ne sont pas les chefs élus par le peuple ; ce ne sont même pas les chefs des armées ; ce sont des chefs d'entreprise uniquement soucieux de la rentabilité de leurs investissements. C'est avec arrogance qu'ils dictent leur conduite aux militaires : le débarquement des troupes américaines en Somalie, le 9 décembre 1992, a eu lieu à l'heure du *prime time* aux États-Unis ; il fallait que le public soit devant les téléviseurs pour assister à l'événement en direct. Les soldats ne se battaient pas réellement pour venir rétablir l'ordre dans un pays déchiré, mais pour améliorer les recettes publicitaires des chaînes de télévision. Les généraux étaient, de fait, aux ordres de l'argent. L'intégrisme économique a atteint, ce jour-là, un sommet.

Quels bénéfices auraient pu engranger les annonceurs, si la bombe d'Hiroshima avait pu être lancée devant des caméras, à une heure de grande écoute ! Ce sera pour la prochaine fois.

DES CONCEPTS MAL DÉFINIS

Toute science se développe à partir de concepts dont la définition constitue la première étape du raisonnement. Dans le cas des mathématiques, ces définitions sont arbitraires : elles sont suggérées par l'expérience quotidienne, mais elles ne prétendent nullement établir une correspondance entre la réalité du monde et les notions manipulées. Elles ne sont donc pas à la merci d'une constatation nouvelle obligeant à les remettre en cause. Seule la progression de la réflexion amène à préciser un concept et à prendre les précautions voulues pour qu'un mot ait le même sens pour tous.

Dans le cas des sciences physiques, au contraire, les mots utilisés prétendent décrire des objets concrets ou des interactions constatées entre ces objets. Leur sens est donc modifié chaque fois que des observations plus précises permettent de mieux comprendre la nature de ces objets ou les effets de ces interactions. Ainsi l'électron, découvert en 1895 par l'Anglais Thomson, était, pour ce physicien, un « corpuscule », un morceau de matière dont il s'agissait de mesurer les diverses caractéristiques, masse, charge électrique... puis de relier ces caractéristiques à son comportement, notamment sa trajectoire autour du noyau atomique. D'où le célèbre modèle de Bohr faisant de l'atome un système solaire en réduction où les électrons jouaient le rôle des planètes. Pour le physicien d'aujourd'hui cette représentation est complètement périmée ; l'électron n'est plus un corpuscule, un petit grain de matière, mais une « particule » dont la meilleure définition est qu'elle est un « paquet d'ondes », c'est-à-dire un lieu où les ondes de probabilité de présence liées à cet électron ajoutent leurs effets de façon à réaliser un pic. Le moins que l'on puisse dire est que l'image que nous nous en faisons est totalement transformée.

De même les premières observations au microscope du sperme humain ont révélé la présence de ces petits êtres que nous appelons spermatozoïdes, mais que l'on désigna alors comme des « homuncules », c'est-à-dire des hommes en réduction. L'idée sous-jacente était que le futur individu était préfabriqué dans les organes du père et qu'il n'avait qu'à être nourri par la mère durant neuf mois pour atteindre une taille suffisante et affronter le milieu terrestre. Cette conception est à l'origine de la métaphore de « la petite graine déposée par le papa dans le ventre de la maman ». Il est clair qu'une telle vision a des conséquences sur la façon dont nous envisageons les rôles des hommes et des femmes et même sur toute l'organisation sociale. Si l'origine de chacun est uniquement son père, il est naturel de donner aux hommes une importance que ne peuvent avoir les femmes ; ce sont eux qui assurent la pérennité du groupe, de génération en génération ; ils sont « naturellement » des citoyens ; étant donné leur rôle mineur, les femmes ne peuvent être considérées comme des citoyennes.

Les biologistes ont évidemment dû réviser leurs définitions : les spermatozoïdes ne sont plus des graines, mais des moitiés de graines, ce qui change tout ; le terme « homuncule » a disparu. Mais les parents continuent à raconter à leurs enfants des histoires où apparaît la « petite graine » ; ils véhiculent ainsi innocemment des concepts opposés à la réalité et lourds de conséquences sur notre vision de nous-mêmes.

La nécessité de définitions claires est plus évidente encore lorsqu'il s'agit de réfléchir aux rapports entre les humains qu'essaient d'analyser les économistes. Car il s'agit bien pour eux de cela : comprendre comment ces rapports s'établissent spontanément et comment ils pourraient être modifiés pour améliorer le sort des hommes. La difficulté est évidemment plus grande que dans le cas des sciences physiques ou biologiques ; l'objet étudié ne dépend pas de lois de la nature préexistant à leur observation, il est généré par le comportement des hommes. Le risque de cercles vicieux dans la définition des concepts est donc grave.

Les calamités dont nous venons de commencer la liste n'ont bien sûr pas été délibérément voulues par de méchants économistes qui ont sciemment donné des conseils néfastes aux « décideurs ». Nous pouvons faire l'hypothèse que chacun n'a eu qu'un désir, proposer la meilleure réponse aux questions posées. Mais l'accumulation de réponses toutes localement optimales peut aboutir à un résultat globalement catastrophique. En fait, la société est victime non des raisonnements des économistes, mais de sa confiance excessive en leur capacité à orienter les décisions.

C'est cela l'intégrisme : la croyance en la valeur absolue des affirmations fournies par une doctrine. Et, par conséquent, l'acceptation aveugle de toutes les règles de comportement que tirent de cette doctrine ceux qui prétendent en être les authentiques dépositaires.

Admettre comme des vérités absolues les propositions des économistes, c'est passer de l'économie, discipline scientifique parmi d'autres, à l'économisme, intégrisme aussi ravageur que les intégrismes religieux.

Pour éviter de telles déviations, la meilleure précaution est de préciser avec autant de rigueur que possible le sens des mots utilisés, de limiter ainsi la portée des concepts centraux. Bien des querelles stériles et des contresens peuvent ainsi être évités. Essayons cet exercice à propos des mots de l'économie : richesse, valeur, échange...

Biens et richesses

Nous avons vu que la première querelle entre économistes a concerné la source de la richesse. Pour François Quesnay, cette source était la terre, pour Adam Smith et Jean-Baptiste Say, le travail des hommes. Être riche, dit le dictionnaire, c'est disposer de nombreux biens. Mais qu'est-ce qu'un « bien » ? La réponse des économistes est : un bien est une chose, matérielle ou immatérielle, susceptible de procurer un accroissement de satisfaction, directement ou indirectement. Si ces biens sont disponibles en quantités telles que tous les besoins puissent être satisfaits, ou s'ils ne peuvent faire l'objet d'échanges, les économistes les excluent de leurs réflexions. Pour eux, c'est la rareté et l'échangeabilité qui motivent leur intérêt et les incitent à s'interroger sur la « valeur » de ces biens.

Il ne suffit donc pas que la terre produise des récoltes ou que les hommes travaillent, pour que la « richesse » apparaisse. Tout dépend du comportement de la société à l'égard des produits obtenus. Une parabole proposée il y a un demi-siècle par Jules Romains met bien en évidence tout l'arbitraire de la définition des richesses. Elle est présentée sous la forme d'une pièce de théâtre intitulée *Donogoo-Tonka.*

Le personnage central est un vieux géographe dont l'ambition est d'entrer à l'Académie des sciences. Hélas, ses ennemis rappellent que, dans sa jeunesse, il a écrit un article sur la ville de Donogoo-Tonka, située au cœur de la forêt amazonienne. Or on a constaté, depuis, que cette ville n'existe pas, ce qui met en péril son élection. Un aventurier propose de le tirer d'affaire. Il annonce dans les journaux que de l'or aurait récemment été découvert dans la rivière qui traverse Donogoo ; il multiplie les articles décrivant la ruée des chercheurs d'or qui traversent la forêt pour arriver les premiers dans cet Eldorado. Partout, de Marseille, de San Francisco, de Shanghai, des hommes en fin d'espoir s'embarquent pour participer à l'aventure, devenir enfin riches. Ne trouvant pas la ville annoncée, un groupe à bout de forces décide d'arrêter ses recherches et inscrit, par dérision, à l'entrée du campement, *Donogoo-Tonka*. D'autres arrivent, s'ajoutent aux premiers, attirent les suivants ; le campement devient une ville. Des marchands viennent profiter de cette clientèle et s'installent. Pour satisfaire les besoins de cette foule, il faut des médecins, des prostituées, des prêtres, des policiers... La présence de chacun est justifiée, rendue utile par la présence des autres. La ville de Donogoo-Tonka existe, car on a pu faire croire qu'elle existait. Et le vieux professeur est élu à l'Académie.

La morale de l'histoire est que l'activité d'un groupe est provoquée par l'existence même de ce groupe. Chacun sécrète des besoins en nourriture, en soins, en spectacles, en vêtements, qui donnent valeur aux biens proposés par les épiciers, les infirmières, les chanteurs, les tailleurs. Ces biens ne seraient que production inutile si le besoin ne s'en manifestait pas. La richesse de la collectivité est générée par la mise en communication de ceux qui ont des besoins et de ceux qui peuvent y répondre.

La richesse, c'est les autres. Ou, plus exactement, c'est la possibilité d'échanger avec les autres. Le point de départ de la réflexion est donc l'analyse de ce qui se produit au cours de cet échange.

Il ne suffit pas pour cela d'évoquer les échanges dont parlent les économistes. Bien au-delà des rapports entre ceux qui donnent et ceux qui reçoivent, l'échange peut être considéré comme la spécificité de l'espèce, spécificité qui lui a permis de manifester cette étrange propriété qu'est la conscience.

De l'échange à la conscience

L'acte constitutif de la personne humaine est l'échange.

La nature ne sait produire que des objets. Qu'elle réalise une molécule, un caillou, une bactérie, une anémone, un loup ou un *homo,* elle assemble des particules élémentaires en un tout rendu cohérent par les interactions entre ces particules. Pour l'observateur, cet objet est défini par ses limites, par la frontière qui sépare ce qui est un élément de son être de ce qui lui est extérieur. Dans la réalité, les interactions fondamentales ne s'arrêtent pas à cette frontière; elles la traversent ; ainsi, la membrane d'une cellule, la peau d'un animal sont des barrières poreuses, lieux de multiples transferts. Tracer les limites d'un objet est donc un acte arbitraire, conventionnel, partageant l'ensemble de l'univers en deux catégories : ce qui appartient à l'objet, ce qui ne lui appartient pas.

De même lorsque nous traçons un cercle sur une feuille blanche, nous partageons celle-ci en deux domaines, l'intérieur et l'extérieur ; le trait lui-même n'a guère de réalité : pour le mathématicien, son épaisseur est « infiniment petite », il est fait d'une « infinité » de points, chacun de dimension nulle. Par la force de l'habitude, nous admettons ces affirmations sans trop nous poser de questions ; en fait, cette projection vers l'infiniment petit pose problème au point que le mathématicien, lorsqu'il trace un trait quelconque, doit se poser la question : ce segment est-il fermé ou ouvert ? C'est-à-dire les points extrêmes qui le limitent lui appartiennent-ils ou non ? Quelle que soit la réponse, le dessin est identique ; les propriétés sont cependant différentes en raison de la nature de ces limites.

Tout objet n'a donc de définition que par l'intervention de l'observateur. Qu'il ait une réalité, un en-soi, est une question que chacun peut avoir envie de se poser, mais avec l'évidence qu'il n'y aura pas de réponse objective. Le seul discours possible concerne la relation entre ce qui est connu et celui qui connaît.

Paul Claudel a choisi comme sous-titre de son *Art poétique :* « Traité de la co-naissance ». En effet, il s'agit bien, avec la connaissance, d'une naissance. Mais ne nous trompons pas en désignant le géniteur et l'engendré ; ce n'est pas moi qui, en connaissant, nais au monde ; c'est moi qui fais naître un monde en moi. Dès que je décris un objet, je l'abstrais, j'en construis un modèle. Ce modèle est dit « scientifique » si j'accepte de confronter ses conséquences aux observations que je peux faire à son propos.

Je peux ainsi développer une description parfaitement cohérente de l'univers qui m'entoure, à condition toutefois de ne parler que de ce qui m'entoure, et non de moi. Or je suis capable de dire « je », et mon discours devient fondamentalement incohérent si je prétends m'inclure dans la description.

Pourtant, tout me montre que je fais partie de cet univers ; rien de ce que je découvre en moi n'est hétérogène à ce que je découvre hors de moi. Plus je suis capable d'une vision fine, plus l'évidence est grande d'une identité : tel atome de silicium présent dans une de mes cellules est rigoureusement identique à celui que je trouve dans un caillou ; il y a quelques milliards d'années, cet atome existait déjà, fait des mêmes protons et neutrons, des mêmes quarks ; il existera encore dans quelques milliards d'années, et n'aura guère été altéré par son appartenance éphémère à mon corps.

Comment concilier ces deux évidences : je fais partie des objets sécrétés par l'univers ; je suis capable de le savoir, d'être « conscient ». Les objets sont ; l'homme seul sait qu'il est ; en lui, l'objet est devenu sujet.

La mutation est si décisive que les philosophes ont volontiers laissé à ce propos la parole aux théologiens. Admettant que le monde a été créé, et donc qu'il est l'œuvre d'un Créateur, ils ont, lorsqu'il s'agit d'un homme, dédoublé cette œuvre : le Créateur est intervenu, selon eux, deux fois : une première fois pour réaliser un individu concret ; une seconde pour lui attribuer un pouvoir supplémentaire, une caractéristique spécifique en plus de ses constituants observables. Il lui a donné une « âme ».

Un tel discours explique tout, mais ne peut être considéré comme scientifique puisqu'il est non réfutable. Il peut être accepté ou rejeté, au nom d'une foi, mais il se dérobe à toute argumentation reposant sur les propriétés du monde réel.

Une issue peut être cherchée en tenant compte d'une de ces propriétés, évidente mais peu souvent évoquée : les capacités d'action ou de réaction d'une structure matérielle concrète ne sont pas seulement la somme des capacités des éléments qui la constituent ; le plus souvent, la complexité due à l'interaction entre ces éléments provoque l'apparition de pouvoirs nouveaux, inattendus. Le tout n'est pas seulement la somme des parties. Ce n'est pas là un mystère, c'est une constatation que l'on peut faire avec les plus élémentaires expériences de chimie. L'important est que les éléments ne soient pas seulement juxtaposés, mais intégrés en un ensemble où chaque partie est en situation de dépendance avec toutes les autres.

Appliquons ce constat banal à l'ensemble constitué par l'humanité. Dans la mesure où les hommes sont en interaction, cette humanité manifeste des pouvoirs propres dont ne dispose aucun individu, et qui apparaissent du fait même de leur intégration en un ensemble solidaire. Pourquoi ne pas mettre au nombre de ces pouvoirs propres la capacité à faire émerger un sujet là où la nature n'avait été capable que de réaliser un objet ?

L'émergence de la conscience apparaît alors comme un événement, certes décisif, provoquant une bifurcation aux conséquences dramatiques, mais se situant dans la lignée des événements tout aussi lourds de bouleversements qu'ont été, sur notre planète, l'apparition de la molécule d'A.D.N. apportant le pouvoir de reproduction ou l'apparition de la procréation à deux, apportant le pouvoir de faire naître en routine des vivants inédits. Il se trouve que la réalisation par les hommes d'un ensemble humain intégré a apporté le pouvoir de faire dire « je » à chacun d'eux.

La clé de cette intégration est la possibilité, pour chacun, d'être en interaction avec les autres, donc de mettre en place un réseau d'*échanges* immatériels. Tous les animaux sont capables de tels échanges ; mais le contenu de ceux-ci est surtout composé d'informations. Par une danse aux caractéristiques très précises, une abeille enseigne aux autres la position des fleurs où elles peuvent aller butiner avec profit. Les primates, par des grognements ou par des gestes, font comprendre aux autres leurs intentions ou leurs désirs. Entre humains, le contenu des échanges est infiniment plus riche et plus nuancé. Il ne s'agit pas seulement d'informations, mais d'émotions, d'angoisses, de projets. Les événements qui se déroulent au cœur de l'un sont étroitement conditionnés par ceux qui se déroulent en l'autre. Grâce à un langage parlé, écrit ou gestuel capable de nuances infinies, chacun se développe non seulement en fonction du programme dicté par son patrimoine génétique, mais aussi en fonction des incitations proposées par son entourage humain. L'aboutissement de tous les « tu » entendus est le « je » formulé.

Il n'est pas excessif de voir dans sa capacité d'échange la spécificité de notre espèce. C'est par l'échange qu'un groupe humain acquiert son unité, par lui que chaque membre du groupe devient quelqu'un. Existant pour les autres, il finit par être quelqu'un pour lui-même, c'est-à-dire par manifester une « conscience ».

L'écart décisif entre les animaux et les hommes est ce besoin étrange : échanger. Les animaux ont besoin de tous les apports matériels qui leur permettent d'alimenter leur métabolisme. Leur survie individuelle dépend de l'approvisionnement en nourriture, en eau, en calories ; leur survie collective dépend de la possibilité de procréer. Dans leur totalité, leurs activités sont consacrées à ces deux impératifs : survivre et se survivre.

L'homme a, en plus, le besoin d'échanger pour devenir non seulement un organisme qui lutte contre l'usure imposée par le temps, mais aussi une personne qui se développe grâce aux opportunités apportées par le temps. Ses activités se partagent entre ces deux objectifs.

Insistons : c'est le fait d'échanger qui est un besoin, non le contenu de cet échange.

De l'échange à la valeur

Au début de la vie d'un bébé, les échanges consistent uniquement en un apport de la mère ; il poursuit la dépendance qui a été la sienne pendant neuf mois. Puis, au sourire de celle-ci, il réagit et sourit à son tour. Son être est tout entier dans cet aller et retour qui, peu à peu, va s'enrichir de regards, de paroles, de caresses venues d'ailleurs. Ceux qui l'entourent signifient à l'enfant que, pour eux, il est quelqu'un.

Ces échanges deviennent, avec l'âge, plus concrets, il faut pouvoir échanger des objets ; mais, pour les offrir, il faut d'une certaine façon en être le possesseur ; il faut faire d'un objet un prolongement de soi, pour pouvoir s'en déposséder et le donner. L'important n'est pas de devenir propriétaire de tel objet, mais d'avoir la possibilité de s'en séparer pour participer à un échange. Donc pour se construire soi-même.

Habitués à nous crisper sur nos biens, à les défendre contre la convoitise des autres, il peut sembler paradoxal que le fondement de la propriété soit le besoin de donner ce qui nous appartient. Mais nos réflexes de propriétaires craintifs sont récents en regard de la durée de l'histoire humaine. Pendant la plus grande partie de cette histoire, les hommes ont vécu comme des chasseurs-cueilleurs constamment de passage d'un lieu à l'autre. Ce nomadisme supposait une grande légèreté. Posséder, c'est être lourd, donc être empêché d'aller librement là où le gibier et les fruits sont abondants. Lorsque l'on vit, au jour le jour, de ce que la nature nous offre, on ne peut guère imaginer posséder. D'autant qu'aux débuts de l'humanité les hommes étaient très peu nombreux et pouvaient considérer la Terre comme infinie ; pourquoi s'en réserver telle partie en l'interdisant aux autres ?

La sédentarisation, la culture, l'élevage, ont tout changé. Le champ que l'on a travaillé, dans lequel on a semé, donnera une récolte que, d'avance, on s'approprie. Cette récolte sera mise à l'abri dans des greniers que l'on a construits, donc que l'on possède. Le fondement de la propriété n'est plus le besoin d'échanger, mais le besoin d'utiliser, de consommer.

Une fois le concept de « propriété » adopté, celui d'« échange » prend une autre signification. Si deux hommes possèdent chacun des biens dont l'autre a besoin, ils trouveront avantage à les échanger ; mais, cette fois, l'intérêt de cet échange n'est pas dans le fait d'échanger, il est dans son contenu. Ce contenu est double : ce que A procure à B et ce que B procure à A. La décision dépend de l'un et de l'autre ; elle est donc l'aboutissement d'une tractation au cours de laquelle chacun défend son intérêt et considère l'autre comme quelqu'un dont il doit se méfier, contre lequel, d'une certaine façon, il se bat.

L'échange ressenti initialement comme un acte par nature bénéfique devient un acte risqué, qui doit mobiliser toutes nos capacités de lutte. L'autre n'est plus un partenaire, il est un adversaire.

Comme pour toute lutte, des règles doivent être acceptées. Le comportement des protagonistes se conforme, implicitement, à des « lois » qu'il s'agit de préciser et d'expliquer. L'échange devient objet de science comme le comportement des particules électriquement chargées dans un champ magnétique, ou celui d'une collectivité animale soumise à une pression du milieu. C'est ici qu'interviennent les économistes.

Pour eux, les seules caractéristiques pertinentes pour décrire cet échange sont les quantités des deux biens transférés. Faisant l'hypothèse que les décisions des deux individus en cause ont été prises librement, ils en concluent que les dix pommes reçues par l'un et les trois poulets reçus par l'autre étaient considérés par l'un et par l'autre comme ayant la même « valeur » ou, mieux, que l'écart entre les deux valeurs était positif pour l'un comme pour l'autre, car leurs évaluations étaient différentes.

Ainsi est introduit le concept clé autour duquel toute la théorie économique est édifiée : celui de « valeur ». Au moyen de ce concept, la multitude des caractéristiques d'un bien quelconque est résumée par un nombre unique, ce qui va permettre de modéliser l'échange au moyen de paramètres mesurables. Tout sera dit grâce à des équations ; les mathématiciens pourront s'en donner à cœur joie, démontrer des théorèmes, mettre en évidence les « lois » de l'échange, en tirer les conséquences pour l'organisation sociale.

Pourquoi pas ? À condition de ne pas oublier les hypothèses sur lesquelles repose tout l'édifice ; or ces hypothèses sont terriblement restrictives.

Le cheminement des économistes introduisant le concept de « valeur » est assez semblable à celui des psychologues introduisant le concept de « quotient intellectuel ». L'objet d'étude de ceux-ci est l'intelligence ; il s'agit de comparer cette intelligence d'un individu à l'autre ;

le constat immédiat est que deux intelligences ne sont jamais identiques ; la multitude des caractéristiques prises en considération est si riche (imagination, compréhension, mémorisation, évocation...) que jamais l'on ne peut inscrire le signe « égal » entre deux intelligences. Les psychologues ont alors commis la faute logique consistant à admettre que le contraire d'« égal » est « plus petit » ou « plus grand ». Alors que le contraire d'« égal » est « différent ». Ils ont posé la question : Laquelle de ces intelligences est supérieure à l'autre ? Question, fondamentalement dépourvue de sens, à laquelle on ne peut répondre qu'en faisant l'hypothèse absurde que l'intelligence peut être mesurée par un nombre. Qu'à cela ne tienne, les psychologues ont inventé des procédures qui, à partir d'observations, les « tests », aboutissent à un nombre, le « Q.I. ». Il n'y a plus qu'à appliquer ces procédures avec une grande conscience professionnelle et à faire les calculs indiqués par les formulaires pour aboutir à la conclusion que A est « plus intelligent » que B. Le fait que les calculs soient justes apporte un semblant de rigueur au résultat ; l'évocation de quelques équations achève de persuader le lecteur que tout cela est « scientifique ».

L'efficacité de cette attitude de tromperie est illustrée par le cas du psychologue anglais Cyril Burt. Il s'est rendu célèbre en développant une théorie de l'héritabilité de l'intelligence fondée sur des mesures effectuées chez cinquante-deux paires de jumeaux monozygotes élevés séparément. Or ces jumeaux n'existaient pas et les mesures présentées étaient purement imaginaires, inventées de façon à justifier la théorie de la prédominance de l'« inné » sur l'« acquis ». Burt faisait précéder la plupart de ses articles de longues citations en grec et de quelques équations comportant de préférence des dérivées partielles ou des intégrales. Tout son texte en était comme auréolé de scientificité. Durant plusieurs décennies, ses collègues ont lu ses productions en faisant taire leur esprit critique. Ce n'est qu'après sa mort, en 1970, que l'on a constaté d'évidentes incohérences et que l'on a découvert la supercherie.

La tromperie dans l'usage du sigle Q.I. est de faire croire que I est l'initiale du mot « intelligence ». En fait, ce nombre mesure peut-être quelque chose, mais personne ne sait quoi, et on ne voit guère le lien avec ce que suggère à chacun le mot « intelligence ». À moins d'adopter la position de Binet, initiateur de l'usage des tests (mais non du Q.I.). Il affirmait avec humour : « L'intelligence est ce que mesurent les tests », montrant par là que tout l'édifice repose sur une perversion du sens des mots.

En ramenant chaque bien à un nombre, sa « valeur », les économistes procèdent à une démarche semblable, doublement réductrice. De l'échange, activité impliquant deux personnes et deux « biens », ils ne retiennent que ces biens, sans tenir compte de l'intérêt pour les protagonistes du fait même d'échanger. Des biens échangés, ils ne veulent retenir que les quantités et en déduire une caractéristique, la valeur, définie comme un nombre expliquant pourquoi l'échange a été, d'un commun accord, décidé.

Cette unidimensionnalisation peut être utile pour développer des modèles; elle n'en repose pas moins sur une tromperie.

Les conséquences en sont d'autant plus graves que l'organisation du réseau des rapports entre les hommes est en jeu.

De la valeur aux prix

Tous les raisonnements des économistes reposent sur l'hypothèse que chaque bien a, pour chaque individu qui le possède ou qui le désire, une valeur; mais que représente cette valeur, comment est-elle déterminée ?

Pour les premiers théoriciens, comme

Adam Smith à la fin du XVIIIe siècle, la valeur d'un bien est essentiellement liée à son coût de production ; si le bien X nécessite deux fois plus d'heures de travail que le bien Y, sa valeur est double, donc son prix sera double.

Cette affirmation est révélatrice d'un glissement de sens introduit dès le début de la réflexion. Il était question de valeur, et l'on évoque aussitôt un prix. Un prix, chacun sait de quoi il s'agit, tout au moins dans une société qui utilise la monnaie. Le prix d'un bien est le nombre d'unités monétaires nécessaires pour l'obtenir ; nous pénétrons grâce au prix dans l'univers des nombres où nous sommes, depuis notre enfance, habitués à nous mouvoir ; tout est pour le mieux. Lorsque l'on évoque la valeur, le confort intellectuel est moins évident.

Pour Maurice Allais, prix Nobel d'économie, « la valeur est au prix ce que la chaleur est à la température ». Autrement dit, elle est une caractéristique aux multiples manifestations, que l'on prend en compte dans nos raisonnements par l'intermédiaire d'une seule de ces manifestations, celle que l'on peut facilement mesurer ; donc en l'unidimensionnalisant, en l'appauvrissant.

Un objet, matériel ou immatériel, n'a pas de valeur en soi ; il n'en a que si au moins une personne voit en lui une source de satisfaction ; c'est donc l'attitude des hommes qui est la source de la valeur. Un sourire chaleureux, une journée ensoleillée, de l'air pur, apportent au moins autant de satisfaction qu'une pièce d'or. Mais l'économiste ne sait comment en tenir compte ; cette valeur-là ne peut entrer dans ses raisonnements. Tout en gardant le même mot « valeur », il restreint son champ de réflexion aux objets qui ont d'autres caractéristiques permettant d'évoquer un autre type de valeur, que l'on peut appeler la « valeur marchande ».

Il se limite tout d'abord aux objets à la fois désirables et rares. Si ceux qui le désirent peuvent y avoir accès sans restriction, les économistes admettent qu'un objet est dépourvu de toute valeur. Tel est le cas de l'air pur, exemple souvent proposé comme une évidence. Cette évidence cependant a disparu pour les habitants de certaines grandes villes, tel Mexico, si pollué que des distributeurs d'air pur payants y sont proposés aux habitants asphyxiés.

Mais désirabilité et rareté ne constituent pas des conditions suffisantes, il faut encore que l'objet en question soit échangeable, qu'il puisse être apporté par l'un et reçu par l'autre. Ce n'est pas le cas des journées ensoleillées. Même si elles sont source de satisfaction et rares, du moins dans nos pays, elles n'ont pas de « valeur ».

Ce n'est pas tout; il faut encore que l'objet puisse être approprié. Car on peut échanger un sourire, il n'a pas pour autant de valeur puisqu'il n'est la propriété ni de celui qui l'adresse ni de celui qui le reçoit.

Finalement les économistes ne s'intéressent qu'aux objets qui sont à la fois source de satisfaction pour au moins une personne, rares, échangeables, appropriables.

Ce faisant, ils limitent dramatiquement le champ de leurs réflexions; ils négligent délibérément tout un domaine de l'activité humaine, celui où les hommes évoquent plus volontiers le bonheur que le plaisir.

Il n'est pas question de faire pour autant leur procès. Ce cheminement réducteur est celui de tout scientifique : au départ, il s'intéresse à un large ensemble de phénomènes puis, chemin faisant, il focalise, par nécessité, son regard sur des aspects partiels de cet ensemble. Ce dépouillement est la condition d'un progrès de la compréhension. Partant d'interrogations sur la nature de l'électricité et du magnétisme, le chercheur élimine par exemple toutes les différences autres que celles concernant la charge électrique, et met en évidence la loi de Coulomb, précisant les interactions entre ces charges.

Restreindre son champ d'observation est certes une nécessité pour tout chercheur, encore faut-il qu'il l'affirme hautement et, surtout, qu'il n'emploie pas des termes donnant l'illusion qu'il embrasse un champ plus large. Bien des difficultés seraient évitées si les économistes évacuaient le mot « valeur », trop chargé de connotations lourdes de sens.

Le problème central de l'économie est donc semblable à celui de nombreuses disciplines : définir la nature d'une grandeur, ici la valeur, en préciser la mesure, ici le prix, enfin expliquer les variations de cette mesure. Mais ce problème est tout différent de celui posé par une caractéristique physique. Une fois définie une unité de mesure, la longueur ou le poids d'un objet ne sont dépendants que de cet objet. Tel n'est pas le cas pour le prix. Celui-ci ne peut être connu qu'au terme d'un processus qui, par ajustements successifs, dégage ce prix. Ce processus est le jeu du « marché », lieu où s'affrontent ceux qui possèdent un bien et sont prêts à le céder, et ceux qui le désirent et sont prêts à se déposséder d'autres biens pour l'acquérir.

Sur ce « marché », de multiples biens sont présentés. Le prix de chacun dépend des transactions opérées sur tous les autres. En toute rigueur, le prix d'un bien et sa variation d'un jour à l'autre n'ont donc de sens que rapportés au tableau d'ensemble de tous les prix. « Le prix n'est pas une quantité inhérente à une chose, comme son poids, son volume ou sa densité. C'est une qualité qui lui vient de l'extérieur et qui dépend de l'ensemble des caractéristiques psychologiques et techniques de l'Economie. » Cette affirmation de Maurice Allais met bien en évidence le caractère artificiel et réducteur des théories expliquant comment le prix de tel objet a été déterminé. Ces théories n'en sont pas moins utiles pour commencer à comprendre les mécanismes économiques à l'œuvre dans une société.

Supposant fixés et stables les prix de tous les autres biens, essayons de décrire comment le prix du bien A est déterminé. Cette attitude est semblable à celle d'un géomètre qui, incapable de décrire une courbe, se contente de préciser sa tangente en un point. Il progresse, mais il doit se souvenir qu'il n'a fait qu'un pas bien insuffisant vers la connaissance espérée.

Détermination du prix

Les premiers économistes ont vu dans le prix d'une marchandise le reflet de son coût de production. Mais cette conception apparaît vite comme naïve, car elle n'explique pas certains paradoxes comme l'accroissement de la valeur globale d'une récolte grâce à la destruction d'une partie de celle-ci. Or ce phénomène, qui peut apparaître scandaleux aux yeux de ceux qui désirent le fruit de cette récolte, est fréquemment constaté. Déjà les compagnies qui apportaient en Europe les épices des îles de la Sonde faisaient parfois détruire une partie des cargaisons pour améliorer leurs bénéfices : mieux vaut écouler cent kilos d'épices à mille francs le kilo que deux cents kilos à quatre cents francs ; or cette différence de prix peut être provoquée par la rareté obtenue grâce à la destruction de la moitié du stock. Ce mécanisme est bien connu des producteurs de café d'aujourd'hui : ils préfèrent le brûler dans les locomotives que de laisser les cours s'effondrer.

Le coût de production n'est donc qu'un élément du prix, élément qui n'intervient que dans la détermination d'un équilibre à long terme. Dans l'immédiat, tout dépend de la confrontation de l'offre et de la demande. C'est cette confrontation que les économistes s'efforcent d'analyser. Il n'est pas inutile de suivre pas à pas leur cheminement.

*

C'est surtout à la fin du XIXe siècle que l'accent a été mis par des économistes comme Léon Walras sur le rôle décisif de la demande dans la fixation des prix.

Le concept clé est celui d'« utilité », et plus précisément d'« utilité marginale ». Chaque consommateur attribue à chaque bien une « utilité » mesurée par un nombre d'autant plus grand que son désir de cet objet est plus vif, que ce soit un livre d'art ou un morceau de pain. Or ce besoin est lui-même fonction de la quantité; une baguette de pain est fort désirée par celui qui n'a rien dans sa huche, beaucoup moins par celui qui en a déjà plusieurs. L'utilité marginale est mesurée par la somme que l'acheteur est disposé à débourser pour obtenir une unité supplémentaire. On peut montrer que, s'il est en présence de plusieurs biens et si son comportement est purement rationnel, il répartit ses achats de telle façon que leurs utilités marginales — qui varient avec la quantité achetée — soient proportionnelles au prix des divers biens.

Élargissant à une collectivité ces notions définies pour un individu, on explique comment, pour un système de prix donné, la demande se stabilise sur un marché. On utilise pour y parvenir quelques affirmations présentées comme des évidences ou comme des théorèmes découlant d'évidences en amont ; ainsi : « Une augmentation du prix d'un bien entraîne une diminution de la demande de ce bien. » À première vue, il s'agit d'une lapalissade, pourtant la réalité présente parfois des processus inverses.

Un contre-exemple est fourni par le cas tout simple de la margarine et du beurre. Ces deux produits jouent le même rôle, apporter les matières grasses nécessaires à une famille ; le premier est notablement moins cher que le second. Imaginons une famille qui, dans son budget, consacre une somme donnée à ces matières grasses. Si P1 et P2 sont les prix, Q1 et Q2 les quantités, cette somme est : S = P1Q1 + P2Q2. Une augmentation du prix le plus bas, P1, conduit, pour maintenir constantes la quantité totale Q1 + Q2 et la somme S, à augmenter la quantité de margarine consommée. Imaginons une famille qui consomme cinq kilos de matières grasses : trois kilos de beurre à quarante francs le kilo, deux de margarine à vingt francs ; sa dépense est donc de cent soixante francs. Si le prix de la margarine passe à trente francs, cette famille, pour ne pas modifier son budget, doit acheter quatre kilos de margarine et seulement un kilo de beurre. Dans ce cas, l'accroissement du prix augmente la demande.

Ce contre-exemple n'est qu'anecdotique ; un mécanisme du même type peut jouer dans le cas, infiniment plus important pour les populations, des transports en commun. Dans une ville comme Paris, le possesseur d'une voiture peut choisir, pour un déplacement donné, de prendre celle-ci ou d'utiliser le métro. Ce dernier est infiniment moins cher ; pour maintenir la dépense totale en dessous d'un certain budget, chacun répartit ses voyages entre les deux moyens de transport. Une augmentation du prix du métro diminue la somme restant pour les voyages en voiture ; elle incite donc à plus souvent se résigner au voyage en commun.

*

Le deuxième mécanisme agissant sur le marché est l'évolution de l'offre en fonction du niveau du prix. L'affirmation de base, apparemment de bon sens, est : « Une augmentation du prix entraîne une augmentation de l'offre. » En fait, cette évidence cache des hypothèses qui ne sont pas nécessairement conformes à la réalité.

Certes, les entreprises qui produisent un

bien donné recherchent toutes la maximisation de leur bénéfice; elles ont donc intérêt à vendre la plus grande quantité possible lorsque le prix du marché auquel elles vendent est supérieur à leur coût de production. Mais il faut faire intervenir ici deux coûts dont les définitions sont différentes : le coût moyen et le coût marginal.

Le coût moyen résulte de la division de la dépense totale consentie par l'entreprise pour produire le bien considéré par le nombre d'unités produites. Le coût marginal est la dépense supplémentaire qu'elle doit consentir pour produire une unité de plus. Tant que cette unité supplémentaire ne nécessite pas d'investissements nouveaux, le coût marginal est inférieur ou égal au coût moyen.

Si le prix du marché est supérieur à ce coût marginal, l'entreprise a intérêt à produire et à vendre des quantités supplémentaires. Une augmentation de ce prix amène donc un accroissement de l'offre en incitant de nouvelles entreprises, celles dont le coût marginal était précédemment supérieur à ce prix, à intervenir sur le marché.

Ce mécanisme n'est cependant pas toujours observé. Il ne joue pas systématiquement pour le « bien » offert sur le marché qu'est le travail. Lorsque le prix de ce travail, c'est-à-dire le salaire horaire, augmente, les travailleurs désireux de diminuer leur fatigue ou de disposer d'un peu plus de loisirs se contentent de maintenir leur gain global ; ils diminuent donc leur offre de travail. De même, une entreprise voyant baisser le prix des produits qu'elle propose peut ne pas diminuer les quantités offertes mais, au contraire, les augmenter pour maintenir le niveau de ses recettes et continuer à faire face à ses charges fixes.

*

Jusqu'ici, nous avons examiné le comportement des acteurs économiques, ceux qui désirent acheter (la demande) et ceux qui désirent vendre (l'offre), en fonction du prix, comme si celui-ci était une donnée indépendante d'eux. En réalité, le prix n'est pas une donnée, mais la résultante de l'affrontement de ces acteurs. Pour chacun de ceux-ci, le prix conditionne le comportement ; mais sur un marché donné, c'est l'ensemble des comportements qui conditionne le prix. La causalité s'inverse. Une variation de la demande entraîne une variation de même sens du prix, une variation de l'offre une variation de sens opposé du prix.

Finalement, ces influences réciproques aboutissent à un équilibre immédiat assez peu stable, car à la merci d'un événement extérieur modifiant le comportement des uns ou des autres. Cependant, la stabilité est obtenue sur le long terme par un équilibre où demande et offre sont durablement égales et où, dans les entreprises, les coûts moyens et les coûts marginaux de production sont égaux aux prix d'équilibre.

En effet, sur un marché où chacun est informé des propositions de tous les vendeurs et de tous les acheteurs, l'information : « Un nouveau vendeur propose un prix inférieur à celui précédemment pratiqué », amène de nouveaux acheteurs à se manifester, ou ceux qui achetaient déjà à accroître leur demande. De même, l'information : « De nouveaux acheteurs interviennent », incite les vendeurs à tenter une augmentation du prix auquel ils consentent à vendre. Les réactions de tous font converger le prix vers celui qui égalise la demande et l'offre.

Les entreprises dont le coût moyen est inférieur à ce prix ont intérêt à augmenter leur production. Si leurs investissements ne sont pas utilisés à leur pleine capacité, cette augmentation est réalisée au coût marginal, souvent très bas, ce qui diminue leur coût moyen et leur permet de vendre à un prix inférieur. Si, au contraire, leurs moyens de production sont saturés, il leur faut consentir de nouveaux investissements qui accroissent provisoirement le coût moyen. La concurrence entre producteurs amène ceux dont les coûts sont trop élevés à ne plus agir sur le marché, laissant la place à ceux qui ont su obtenir une production d'un moindre prix. À la limite, le jeu des égoïsmes individuels aboutit à une situation stable.

Cette atteinte d'un équilibre est présentée comme « la loi de l'offre et de la demande ». L'emploi du mot « loi » tend à assimiler les phénomènes économiques à des phénomènes physiques, qui, eux aussi, sont soumis à des lois, telle la loi d'attraction des corps dotés d'une masse, la gravitation universelle. Certains économistes voient même dans ce mécanisme un cas particulier d'un phénomène plus général présenté par le chimiste Le Chatelier comme la « loi de modération » : toute modification imposée à l'état d'un système en équilibre génère des phénomènes qui ont pour effet de s'opposer à cette modification. Autrement dit, la nature est bien faite ; elle recèle des mécanismes autorégulateurs qui la stabilisent. C'est vrai pour le monde concret qui nous entoure, c'est donc vrai pour la réalité économique générée par l'activité des hommes.

De telles affirmations sont en réalité plus proches des incantations que des raisonnements scientifiques. Elles négligent la différence fondamentale entre les mécanismes qui s'imposent à nous et les mécanismes qui dépendent de nous. Elles ne tiennent pas compte également de l'arbitraire des concepts de bien, d'offre et de demande. Pour illustrer cet arbitraire, revenons à l'exemple déjà évoqué des transports en commun.

Le cas du métro parisien met en évidence la difficulté de définir la nature du service rendu, donc du « bien » mis sur le marché. En transportant un Parisien, le métro lui permet d'aller d'un point à un autre de la ville, il est donc normal que ce service soit considéré comme ayant une valeur et soit acheté par le voyageur. Mais, simultanément, le métro, en attirant dans le sous-sol des centaines de milliers de Parisiens, libère les rues d'une foule qui rendrait la circulation encore plus difficile qu'elle ne l'est. Il suffit de voir l'état de cette circulation les jours de grève pour comprendre que les conducteurs de voiture sont les principaux bénéficiaires de l'existence des transports en commun.

Autrement dit, le métro rend au moins autant service à ceux qui ne l'utilisent pas qu'à ceux qui l'utilisent. On peut étendre le raisonnement à ses usagers. Accepter de descendre sous terre, dans une atmosphère souvent nauséabonde, est un acte à l'avantage de ceux qui en bénéficient en restant à l'air libre et en disposant de rues moins encombrées. En bonne logique, cet acte mériterait d'être rémunéré. Ce qui aboutit à prôner un prix du métro négatif. Certes, payer ceux qui consentent à y pénétrer poserait des problèmes techniques difficiles, mais on pourrait du moins admettre la gratuité.

Déjà actuellement, le prix du ticket est loin de couvrir le coût de fonctionnement ; le solde est couvert par les collectivités locales ou nationales, ce qui revient à faire payer les transports en commun anonymement par les contribuables. Il serait de meilleure logique de les faire payer par les véritables bénéficiaires, les automobilistes. Avec l'avantage que cette taxation ne pose pas de problème technique : il suffit d'augmenter le prix des carburants, scandaleusement bas, nous y reviendrons.

Finalement, à la question : Quelle est la « valeur » du service rendu par la R.A.T.P., il est clair qu'aucune réponse ne peut être donnée.

Cet exemple n'est qu'un cas particulier du caractère arbitraire de toute valeur. En chaque lieu, à chaque instant, elle résulte d'un rapport entre ceux qui proposent et ceux qui demandent, nous dit la théorie classique ; mais ce raisonnement suppose que cet échange ne concerne que ces deux protagonistes ; or, le plus souvent, cet échange a des conséquences pour de nombreuses autres personnes. L'automobiliste n'est pas indifférent au fait qu'un Parisien accepte ou n'accepte pas d'utiliser le métro au prix où la R.A.T.P. le propose ; il n'a pas son mot à dire, et pourtant il est le plus concerné. Dans le monde actuel, où tous les intérêts sont imbriqués, cette vision réductrice est devenue totalement irréaliste et risque d'aboutir à des conséquences dommageables pour tous.

DE L'ÉCONOMIE À LA POLITIQUE

L'objectif des économistes n'est pas seulement de comprendre comment les échanges entre les hommes aboutissent à définir la valeur des différents biens ; il est surtout d'en tirer les conséquences pour organiser au mieux ces échanges et, plus largement, l'ensemble des rapports entre les acteurs de la vie collective. L'économie devient alors véritablement « politique ». L'économiste, fort des résultats mis en évidence par sa discipline, se présente comme un conseiller des décideurs ; il est regardé comme un « expert » à qui l'on demande comment faire face à telle difficulté, de même que l'on consulte l'ingénieur avant de décider du tracé d'une route ou de la structure d'un pont.

Cette comparaison cependant est fort trompeuse. L'ingénieur manipule des données fournies par l'observation de la nature ; elles décrivent une réalité indépendante des opinions de celui qui mesure. Les « lois de la nature » sont les mêmes pour tous. L'objet étudié, le monde réel, est distinct du sujet de la connaissance, l'observateur. Certes, une tentative a été proposée pour soumettre la science aux idéologies : au cours des années 50, le tristement célèbre biologiste Lyssenko prétendait distinguer deux voies pour le développement de la génétique : d'une part une génétique bourgeoise, mendélienne, fondée sur la transmission des gènes, d'autre part une génétique prolétarienne, marxiste, fondée sur la transmission des caractères acquis. Cette théorie aberrante des « deux sciences » a beaucoup contribué en France à éloigner les intellectuels du P.C.F., qui avait cru nécessaire de s'aligner à ce sujet sur le grand frère soviétique. La science de la nature est une.

L'économiste, au contraire, étudie des sociétés humaines, notamment celle dont il fait partie. La distinction entre objet et sujet n'est plus aussi tranchée. Les caractéristiques qu'il s'efforce de mesurer ont des définitions arbitraires ; les interactions qu'il étudie peuvent être fort différentes d'une société à l'autre. Avant d'entreprendre sa recherche, il a constitué sa personnalité en adhérant à telle religion, en méditant sur telle doctrine, en participant à telle action collective. Il n'est pas un extraterrestre débarquant sans opinion préconçue ; quels que soient ses efforts d'objectivité, ses réflexions se déroulent devant une toile de fond d'idées reçues.

L'objectivité en économie est d'autant plus difficile à atteindre que la nature des activités analysées est double : elles concernent des personnes dont le sort individuel doit être pris en compte ; elles impliquent une collectivité au sein de laquelle chacun est dépendant de tous les autres. Selon que l'accent est mis sur l'un ou l'autre de ces aspects, les théories développées pourront être présentées comme « libérales » ou comme « collectivistes ». Ces termes, malheureusement, sont devenus en eux-mêmes des armes, parfois des insultes. Ils désignent des camps antagonistes ; alors que la réflexion, pour progresser, doit tenir compte de cette double nature de l'objet étudié, à la façon dont les physiciens des particules considèrent celles-ci à la fois comme des ondes et comme des grains de matière.

Toute théorie économique est nécessairement « libérale » puisqu'elle doit prendre en compte la capacité de choix de l'agent élémentaire de toute activité qu'est l'individu. Même dans la plus extrême des dictatures, cette capacité ne peut être réduite à zéro, sauf à réduire les citoyens à l'état de machines totalement décervelées. Si limitée soit-elle, cette liberté suffit à enrayer la belle machine mise en place par ceux qui veulent faire le bonheur du peuple contre la volonté du peuple. Cette liberté se manifeste en particulier par des initiatives personnelles sans lesquelles aucune novation ne peut apparaître.

Toute théorie économique est nécessairement « collectiviste », puisqu'elle doit tenir compte des interactions entre l'ensemble des agents participant à l'activité, producteurs, consommateurs, investisseurs. Ce n'est que grâce à cette prise en compte que la liberté individuelle peut prendre véritablement du sens. Car la liberté n'est pas le caprice. Être libre, ce n'est pas avoir la capacité de faire n'importe quoi ; la liberté de l'individu seul sur une île n'a pas de contenu. Être libre, c'est accepter des contraintes discutées en commun et auxquelles chacun se soumet au nom d'un objectif supérieur : la liberté de la parole est l'aboutissement des contraintes du langage. De même, c'est en acceptant les contraintes de la pesanteur et de la fragilité des matériaux que l'architecte accède à la liberté de construire des nefs de cathédrale ou la voûte de Sainte-Sophie.

Ce que l'on est en droit d'attendre de l'économiste n'est pas de choisir entre le libéralisme et le collectivisme, mais de réfléchir, indépendamment des modes ou des slogans devenant par leur répétition l'équivalent de vérités révélées, au poids qu'il faut attribuer à ces deux aspects d'une même réalité. Pendant un siècle, les physiciens se sont répartis en deux camps : ceux pour qui la lumière était faite de particules, ceux pour qui elle était faite d'ondes. Aujourd'hui, tous sont d'accord : la lumière n'« est » pas plus onde que particule ; elle réagit comme si elle était soit onde, soit particule selon les circonstances.

Selon les circonstances, les économistes doivent réagir comme si les forces à l'œuvre dans une collectivité étaient essentiellement individuelles ou essentiellement collectives. Au XIXe siècle, les grands changements sociaux sont venus d'initiatives de personnages qui ont su créer des empires industriels ou commerciaux ; les Rockefeller ou les Carnegie ont marqué leur époque et fait naître le mythe des entrepreneurs à qui il est préférable de faire confiance même lorsqu'ils recherchent leur propre profit, car « ce qui est bon pour la General Motors est bon pour les États-Unis ».

Il est donc tout naturel que l'opinion publique ait été alors réceptive aux théoriciens de l'économie voyant le moteur du progrès dans le libre champ offert aux individus. Cette opinion a été confortée par l'avancée conceptuelle décisive apportée alors par une nouvelle théorie scientifique, celle de Darwin, proposant un nouveau regard sur l'ensemble du monde vivant, y compris l'humanité. À la vision traditionnelle d'espèces immuables créées séparément par Dieu, se renouvelant semblables à elles-mêmes génération après génération, se substituait le constat d'une évolution situant l'ensemble des vivants sur un arbre généalogique unique, issu d'une origine commune. Le progrès de l'humanité au cours de son histoire apparaissait semblable à celui des espèces, au cours de leur évolution. Il fallait donc calquer l'organisation des sociétés sur les modèles que nous propose la nature. Ainsi a pu se développer un véritable économisme darwinien.

L'économisme darwinien

L'objectif de Darwin était d'expliquer l'évolution des espèces, fait d'observation que ses propres travaux avaient rendu difficilement récusable. Quel a été le moteur de ces transformations depuis l'apparition des êtres vivants sur la Terre ? Pour répondre à cette question, il était doublement handicapé : il ignorait les mécanismes de l'hérédité qui ont été découverts à la même époque par Mendel, mais qui sont restés inconnus de la communauté scientifique pendant encore trente-cinq années ; et il ne pouvait connaître le support de cette hérédité, qui n'a été découvert qu'un siècle plus tard. Il n'avait d'autre recours que d'évoquer le « principe de l'hérédité » qui entraîne une ressemblance entre les géniteurs et leur progéniture.

Le point de départ de son raisonnement est le constat que, grâce à la procréation sexuée, les êtres appartenant à une même espèce sont très divers lors de leur naissance.

Certains sont, par bonheur, dotés de caractéristiques plus favorables, compte tenu des conditions imposées par le milieu ; ils résistent aux agressions de la nature ou des prédateurs, et atteignent l'âge de procréer à leur tour ; ils transmettent alors à leurs descendants leurs caractéristiques. À l'inverse, ceux qui sont dotés, par malchance, de caractéristiques défavorables sont éliminés avant d'avoir pu participer à la génération suivante. Peu à peu, l'espèce se transforme sous l'effet de cette « sélection naturelle ». Seules les caractéristiques favorables se maintiennent durablement.

Non seulement l'espèce se transforme, mais elle s'améliore. Pour obtenir cette amélioration, qui adapte de mieux en mieux les individus à leur milieu, la nature a dû éliminer les moins aptes. Cette élimination des défavorisés est le prix à payer pour que la collectivité s'adapte ; or cette adaptation est la condition de sa survie.

Très rapidement ce raisonnement, développé par un biologiste pour expliquer les faits observés dans la nature, a été transposé pour orienter les comportements des individus dans une société humaine. Cette société doit évoluer ; il est nécessaire pour sa survie qu'elle élimine sans pitié ceux qui diminuent la « valeur adaptative » collective. Tout ce qui s'oppose à cette élimination doit donc être combattu ; tel est le cas des législations qui s'efforcent de venir en aide à tous les miséreux. La compassion est contraire aux « lois » de la nature.

Cette vision de la fatalité des forces à l'œuvre imprègne en profondeur les réflexes de notre société si fière de ses succès techniques, et qui fait appel à des critères économiques pour distinguer la réussite de l'échec. Un exemple extrême de cette attitude a été fourni en 1987 par le journal régional d'un parti politique, le R.P.R. (notons que les instances nationales de ce parti ont désavoué l'auteur). Le raisonnement proposé était typiquement économico-darwinien : les gens qui se trouvent dans la misère n'ont pas réussi ; ils n'ont pas réussi parce qu'ils n'avaient pas les caractéristiques voulues pour réussir; il serait préférable qu'ils ne transmettent pas trop à la génération suivante leurs caractéristiques défavorables; il est donc de bonne politique de les dissuader de procréer; il faut par conséquent diminuer les allocations familiales des pauvres et transférer ces sommes vers les allocations attribuées aux riches, qui ne font pas assez d'enfants.

L'aspect caricatural de cette présentation ne doit pas faire oublier la place tenue par des déductions de cet ordre dans la mentalité de nos concitoyens. Transposés dans le domaine de l'économie, de tels raisonnements ont justifié le recours systématique à la compétition, seul comportement capable de « maximiser le rendement social ».

La recherche d'une structure sociale optimale n'a reçu de formulation rigoureuse qu'à la fin du XIXe siècle avec Pareto; depuis, de nombreux économistes en ont fait l'objet central de leurs réflexions. L'aboutissement de celles-ci est souvent présenté sous la forme d'un théorème, c'est-à-dire d'une affirmation qui résulte nécessairement des hypothèses de départ, le théorème du rendement social. L'essentiel de ce théorème est que, dans des conditions techniques, démographiques, psychologiques données, le rendement social est maximal si le système de prix est celui qui résulterait d'une concurrence parfaite entre les entreprises et d'un libre choix des individus.

Par rendement social maximal on entend le rendement d'une organisation telle que, pour accroître la satisfaction d'un acteur économique, producteur ou consommateur, il faut nécessairement diminuer celle d'un autre acteur.

Par concurrence parfaite, on entend une organisation des échanges impliquant un nombre élevé de consommateurs, un nombre élevé de producteurs, et une information rigoureuse et complète de tous sur l'ensemble de l'offre et de la demande.

Quelle que soit la forme sous laquelle il est présenté, ce théorème est au cœur du message que le public a reçu des économistes. Il est perçu comme la démonstration « scientifique » que la structure sociale dite libérale est la seule compatible avec une gestion satisfaisante. Toute mesure « collectiviste » ou étatique représente alors un écart à cette organisation et doit par conséquent être proscrite. On imagine les conclusions que peuvent tirer de ces affirmations les partisans de certaines tendances politiques.

Il ne s'agit en réalité que d'un modèle dont nous avons vu combien certaines de ses hypothèses pouvaient être éloignées de la réalité. Comme tous les modèles, il ne prétend pas décrire les conditions réelles de la production et des échanges ; il constitue simplement une référence par rapport à quoi situer une société existante. Un peu comme les gaz « parfaits » permettent d'orienter l'étude des gaz réels. Mais ce caractère de référence abstraite est le plus souvent oublié.

C'est essentiellement dans la croyance en la valeur absolue de ce « théorème de maximisation du rendement social » que se manifeste dans nos sociétés occidentales l'intégrisme économique. Or la portion de l'humanité participant à cet intégrisme, si elle ne représente qu'un faible pourcentage de l'effectif des hommes, possède les moyens d'imposer son point de vue. Elle dispose de la force, et, surtout, elle règne sur la plupart des moyens d'information. Elle peut donc faire admettre comme une réalité objective ce qui n'est que la conséquence d'hypothèses arbitraires.

Sans porter sur ces théories un jugement moral, soulignons qu'elles ne sont même pas en accord avec les théories actuelles de l'évolution. Après plus de un siècle, les modèles proposés par Darwin ont subi de multiples modifications. La notion de « valeur sélective » a été transformée à la lueur des découvertes liant, de façon souvent complexe, les caractéristiques exhibées par un individu aux gènes qu'il a reçus. Les théorèmes faisant état de l'atteinte d'un optimum reposaient sur des hypothèses trahissant la réalité en la simplifiant abusivement. Sans renier Darwin, les biologistes ont proposé de multiples voies pour expliquer l'évolution. La sélection naturelle n'est qu'un processus parmi d'autres.

La compétition entre les individus au sein d'une espèce, ou entre les espèces au sein d'un même biotope, est loin d'avoir le rôle décisif que lui attribuaient les premiers théoriciens. Les interactions entre les multiples caractéristiques à prendre en compte sont trop subtiles pour se prêter à des explications aussi simplistes que la victoire du meilleur. Cette explication se réduit d'ailleurs à une tautologie si l'on déclare que tel individu est le meilleur en constatant qu'il a été victorieux.

Cette compétition existe, certes, mais il est facile de trouver des exemples inverses de coopération, de partage, de commensalisme, d'entraide réciproque et même d'altruisme.

Ces remises en cause ont été permises par des observations ou des expériences nouvelles, ce qui est le cheminement normal de toute science. Grâce à des espèces se prêtant particulièrement bien à l'expérimentation, comme les mouches drosophiles, de nombreux constats, parfois inattendus, ont pu être réalisés dans des conditions bien définies. La génétique est venue enrichir la réflexion des biologistes qui ont aujourd'hui un regard nouveau sur l'évolution et sur les processus dont elle est la manifestation. Pour eux, la valeur biologique d'une collectivité dépend plus de sa diversité que de la présence d'individus plus performants.

Or au concept de « compétition » développé par les biologistes, les économistes ont proposé comme équivalent celui de « concurrence ». Ils ont fait de cette concurrence à la fois le moteur et le guide des transformations de la société ; elle est pour eux la source de tout progrès. Moteur, ce n'est guère contestable ; tout conflit entraîne des transformations. Guide, c'est beaucoup moins sûr. La concurrence ne serait un guide que si le théorème de maximisation du rendement social était conforme à la réalité. Or les hypothèses sur lesquelles il repose sont fragiles. En fait, la concurrence ne peut qu'être aveugle ; elle a des conséquences, elle ne peut avoir d'objectif. L'économie concurrentielle est semblable à un véhicule doté d'un moteur, mais non d'un conducteur. Plus le moteur est puissant, plus ce véhicule est dangereux.

Alors que les informations concernant de nouvelles découvertes sont rapidement connues de tous, les remises en cause des paradigmes, c'est-à-dire de l'articulation des concepts centraux d'une discipline, se diffusent beaucoup plus lentement. Les économistes continuent à transposer dans leur domaine la notion de compétition comme si elle était restée immuable depuis l'époque de Darwin. Cet immobilisme est dû en partie au fait que l'économie se heurte à des difficultés pratiques lorsqu'elle cherche à affermir ses bases au moyen de la méthode à laquelle recourent toutes les sciences, l'expérimentation.

S'il est facile de mettre quelques milliers de drosophiles dans une cage à mouches et d'attendre que vingt générations se soient succédé, il l'est moins de mettre sur une île quelques milliers d'êtres humains, de leur imposer tel ou tel système de production et d'échange, et de constater le résultat après quelques décennies. Les économistes en sont réduits à observer les expériences spontanées réalisées par quelques collectivités.

Ces expériences sont rares; il est d'autant plus déplorable de les empêcher de se dérouler lorsque des peuples volontaires se présentent. Ce refus de l'expérimentation vient de se produire en Amérique latine.

Une expérimentation économique refusée

Dès son premier voyage, en 1492, Christophe Colomb découvre l'île de Cuba et en fait une colonie espagnole, statut qu'elle garde jusqu'à la fin du XIXe siècle. L'activité économique est alors essentiellement axée sur la culture de la canne à sucre : dans des propriétés immenses employant des milliers d'esclaves, Cuba produit un tiers du sucre mondial.

Ce n'est qu'en 1886 que l'esclavage est enfin aboli, en 1899 que Cuba conquiert son indépendance après une longue lutte contre les troupes d'occupation espagnoles. Mais cette indépendance douloureusement obtenue reste une fiction. Les États-Unis contrôlent de très près les événements qui se déroulent dans ce pays voisin. Ils imposent des présidents corrompus qui veillent à la défense des intérêts de grandes sociétés américaines ; celles-ci gèrent directement les principales richesses du pays (sucre, tabac, nickel).

À partir du début de ce siècle, le tourisme se développe ; les Américains viennent à La Havane non pour y admirer des paysages, mais pour y trouver ce que le rigorisme apparent de leurs mœurs interdit officiellement chez eux : le jeu et les filles. Cuba devient le bordel de l'Amérique.

Le dernier dictateur imposé en 1940, par les Américains, Fulgencio Batista, améliore le « rendement » économique de l'île en attirant des capitaux américains et en développant le tourisme ; mais ce rendement ne profite qu'aux investisseurs étrangers et à quelques politiciens, en premier lieu à Batista lui-même, qui accumule une fortune fabuleuse.

La révolte populaire est organisée par quelques *barbudos,* qui finissent par l'emporter sur les forces gouvernementales. En 1959, Fidel Castro remplace Batista et promet de redonner sa dignité au peuple cubain. Un programme d'alphabétisation, d'amélioration de la santé, d'humanisation des conditions de travail est mis en œuvre. Les résultats sont rapidement spectaculaires. En 1988, le taux de mortalité infantile est inférieur à 25 p. 1 000, le plus faible de tous les États d'Amérique latine. Le système éducatif comme le système sanitaire sont accessibles à tous gratuitement.

Au départ, les États-Unis ont réservé un accueil plutôt favorable à Castro ; il était clair que la situation antérieure, si favorable qu'elle ait été pour les entreprises américaines, ne pouvait durer contre la volonté de tout un peuple. Mieux valait faire la part du feu. Castro est reçu avec sympathie à Washington. Les choses se gâtent cependant très vite. Pour financer son programme d'amélioration du sort des Cubains, Castro confisque les biens des entreprises américaines. La réaction ne se fait pas attendre : la C.I.A. fomente la tentative d'invasion de la baie des Cochons, qui échoue lamentablement ; les États-Unis instaurent le blocus de l'île.

La seule solution pour Castro est alors de s'adresser à une puissance capable de lui venir en aide, l'U.R.S.S. Poussé par la nécessité plus que par choix idéologique, il s'aligne progressivement sur les positions soviétiques et accepte même d'installer des fusées qui menacent le territoire des États-Unis. Cette faute majeure entraîne un durcissement de la position américaine ; la C.I.A. finance les mouvements anticastristes ; pour empêcher une contre-révolution, Castro accentue le caractère dictatorial de son régime. La classique spirale de la perte des libertés se déroule.

Aujourd'hui, l'empire soviétique s'étant effondré, Cuba n'a plus aucun soutien ; l'île n'est qu'une place forte assiégée arrivée à bout de ressources ; affamés, ceux de ses habitants qui le peuvent la désertent.

Lorsqu'un scientifique propose une théorie nouvelle remettant en cause les conceptions antérieures, la réaction de ses pairs est de lui proposer des expériences permettant de constater que cette théorie est conforme ou non à la réalité. Les moyens lui sont proposés pour que cette expérience soit menée dans les meilleures conditions de fiabilité.

Pour un économiste « libéral », l'idée d'organiser l'économie d'un pays sur la base d'un collectivisme généralisé est une absurdité ; « Ça ne peut pas marcher. » Ce n'est pas là, pour lui, un choix politique, mais l'aboutisement d'un raisonnement scientifique. Pour vérifier la validité de ce raisonnement, la meilleure méthode est de faire une expérience. Certes, elle a été tentée à partir de 1917 en Russie avec les résultats que l'on sait : mais les conditions de l'expérience ont été telles que des conclusions rigoureuses ne peuvent guère en être tirées. Au départ, ce pays, resté féodal, était dans un état de désorganisation et de pauvreté tel que les mesures concrètes prises par le nouveau pouvoir étaient fort éloignées de celles qu'aurait inspirées leur doctrine affichée. Par la suite, le dérapage vers la dictature a totalement dénaturé la tentative.

En toute bonne foi, cet économiste libéral aurait dû accueillir avec une intense satisfaction la possibilité d'une nouvelle expérimentation, à une échelle telle que les conditions puissent en être maîtrisées. Un peuple de dix millions d'habitants propose, au début des années 60, de collectiviser l'économie, de retirer du secteur marchand des pans entiers de l'activité, de faire le bonheur du peuple en oubliant le théorème de la maximisation du rendement social. « Bien sûr, se dit l'économiste libéral, cela va conduire à la catastrophe ; nous avons donc là un moyen de démontrer clairement que ces théories iconoclastes sont incompatibles avec les mécanismes qui s'imposent aux hommes. Faisons l'expérience pour faire éclater la justesse de notre doctrine et ramener à la raison ceux qui seraient tentés par ces billevesées. »

Cuba aurait pu être un laboratoire où, sous les yeux du monde, une expérience économique en grandeur réelle aurait été conduite. Les universités américaines auraient pu y envoyer des flots de professeurs et d'étudiants pour observer, mesurer, comparer et polémiquer entre eux ; Cuba aurait été une source intarissable de sujets de thèse de doctorat et d'articles savants dans les revues scientifiques.

Hélas, ce laboratoire a été transformé, à la suite d'erreurs initiales de Castro puis par les réactions souvent excessives des États-Unis, en une ville assiégée. Bien des années ont passé depuis l'affaire des fusées. L'occasion aurait pu, à plusieurs reprises, être saisie de rétablir le dialogue. Au contraire, le blocus a été systématiquement renforcé, y compris dans ses aspects les plus inhumains : les hôpitaux cubains n'ont plus de médicaments, les écoliers plus de cahiers.

Cuba, qui ne bénéficie guère, à part le soleil, de ressources naturelles, manque de tout. La récolte de la canne à sucre avait été mécanisée ; faute de pétrole cette récolte ne peut plus se faire qu'avec un rendement très faible.

Pour la plupart des commentateurs, les événements actuels sont la preuve d'un échec de la politique de Castro ; il a choisi le collectivisme, il aboutit inéluctablement à la catastrophe. Les *balseros* qui tentent de rejoindre la Floride sont présentés comme fuyant le régime castriste. En réalité, ils fuient car ils ont faim. L'état actuel de l'île est le résultat du blocus imposé par l'Amérique au moins autant que d'erreurs de gestion. L'expérimentation qui aurait pu être tentée a été délibérément faussée.

Il n'est pas excessif, face à ces événements, de faire l'hypothèse d'un manque de confiance des Américains en la valeur de leur propre doctrine. S'ils avaient eu une foi vraiment solide en la vertu du libéralisme, ils auraient attendu sans crainte le résultat du collectivisme. Ils n'ont pas osé. Leur attitude donne raison à ceux qui doutent, qui voient en l'économie dite libérale le masque de la loi du plus fort, qui dénoncent cet intégrisme et qui proposent d'autres voies.

Car le refus de toute argumentation ou de toute expérience risquant de montrer que l'on est dans l'erreur n'est-il pas le signe de l'intégrisme ?

Droit de propriété : l'individu contre l'espèce

L'intégrisme, c'est aussi l'incapacité à remettre en cause une idée acceptée depuis longtemps ou le refus de modifier une attitude considérée comme nécessaire. Le respect du droit de propriété dans nos sociétés en est un exemple extrême.

Partant du constat que l'échange est au cœur du processus de création de la personne, nous avons proposé de voir l'origine du désir de posséder dans le besoin d'offrir. S'approprier n'est qu'une étape dans la voie qui conduit à donner ; la possession ne se justifie que par son caractère éphémère ; sa seule finalité est d'aboutir à un échange qui permet à chacun d'exister face à l'autre. L'objet échangé n'est qu'un prétexte.

Lorsque cette possession devient une fin, elle crée un lien entre un objet et soi, lien à double sens qui enserre dans un même filet le possesseur et le possédé.

Pendant la presque totalité de l'histoire de l'espèce, les hommes ont échappé à ce filet ; ils percevaient leur identité dans le regard des autres, non dans le regard porté par eux sur les objets qu'ils s'appropriaient.

La révolution du néolithique a transformé cette attitude. Les hommes ont travaillé les riches terres avoisinant le Tigre et l'Euphrate, ils ont labouré, semé, récolté, et se sont attribué un droit d'usage des champs qu'ils avaient défrichés, un droit de consommation des grains qu'ils avaient mis à l'abri dans leurs greniers.

Le travail qu'ils consentaient à fournir était, à chaque stade, justifié par des avantages à venir ; la société devait donc apporter l'assurance que ces avantages seraient, le moment venu, effectivement reçus ; elle devait assurer le respect du « droit de propriété ». Celui qui a cultivé un champ est seul à pouvoir en recueillir la production ; celui qui a engrangé une récolte est seul à disposer de sa consommation.

Par la suite, cette appropriation est devenue transmissible ; les descendants devenaient bénéficiaires des efforts ou des mérites de leur ascendant sans avoir participé à la création de richesses. Cette extension du droit de propriété peut sembler abusive, elle a pourtant été largement acceptée, au nom de la continuité de la famille, de génération en génération.

Il y a là de toute évidence un danger grave de distorsion de la structure sociale. Celui qui, par pure chance, est né dans une famille jouissant de multiples propriétés est mieux placé que d'autres pour accroître encore son opulence. Le mécanisme mis en place provoque un accroissement presque automatique de la richesse du riche et un appauvrissement du pauvre.

Certains peuples se sont rendu compte de cet effet pervers du droit de propriété et ont pris des mesures pour l'atténuer : les Juifs avaient institué une année « jubilaire », intervenant tous les cinquante ans : chacun rendait alors à l'État les biens qu'il avait reçus en héritage au cours du demi-siècle précédent. Dans les sociétés d'aujourd'hui, les mesures adoptées sont moins rigoureuses et moins efficaces ; l'Etat se contente de prélever une part des richesses transmises aux héritiers sous forme d'impôt de succession. Cela n'empêche pas l'accumulation des propriétés et des privilèges qui leur sont liés ; une réalité qui pèse lourd dans le fonctionnement de l'économie.

En raison sans doute de son ancienneté, le droit de propriété reste cependant un des points fixes de nos lois. En France, et dans de nombreux pays, il est inscrit comme un principe de base de la Constitution. Il fallait toute l'audace d'un Proudhon pour oser être iconoclaste et s'écrier : « La propriété, c'est le vol. »

Le respect du droit de propriété est aujourd'hui considéré comme le fondement des rapports entre citoyens. Le remettre en cause apparaît exorbitant; c'est tout l'édifice social qui serait menacé. Pis encore, attaquer le droit de propriété dans ses manifestations extrêmes reviendrait à nier la « nature » humaine, comme si l'attribution d'un bien, et surtout d'une terre, à un individu était un acte dicté par les lois de l'univers.

Cette attitude aboutit aujourd'hui au scandale d'une ville comme Paris où des familles sont contraintes de s'abriter dans des taudis alors que d'innombrables logements restent inoccupés. Le droit au logement a certes été reconnu par la loi, mais cette loi reste inappliquée devant la puissance du droit de propriété.

Nous avons certes tous besoin d'un minimum de stabilité de notre environnement; l'appropriation, mettant cet environnement hors de portée des agissements d'autrui, est une solution radicale : ce qui nous appartient n'est fonction que de nos décisions; l'angoisse de l'avenir est écartée. Mais le lien ainsi créé finit par nous assimiler aux biens que nous possédons. Le cas extrême est celui des familles nobles qui prennent le nom des terres ou des domaines qu'elles possèdent : l'identité de la personne ou du clan se confond alors avec celle de ses propriétés. Lequel, finalement, est-il possédé par l'autre ?

Le sentiment de sécurité peut alors être payé d'une véritable aliénation. Le calcul est d'autant plus vain que la sécurité recherchée ne peut être qu'un leurre, en raison de l'interdépendance de tous les « biens ».

Cette interdépendance pouvait être ignorée par les hommes primitifs, peu nombreux, et dont les actes n'avaient guère de répercussion sur l'état de la planète. S'arroger un droit d'usage exclusif sur tel objet n'avait de conséquence que pour les voisins immédiats, qui auraient pu en profiter et en étaient de ce fait privés. Sur la Terre d'aujourd'hui, au contraire, l'interdépendance est la règle et se manifeste en permanence dans notre vie quotidienne. Les répercussions de chaque acte concernent rapidement la totalité des hommes. Les avancées du Sahara grignotant les surfaces cultivables du Sahel résultent d'un réchauffement global provoqué par des émissions de CO2 sur tous les continents ; les lacs de Scandinavie sont pollués par les pluies acides engendrées par les industries britanniques ; chacun subit les conséquences des erreurs des autres.

Le constat récent de la finitude du domaine des hommes aurait dû entraîner une révision fondamentale de notre attitude face aux richesses que nous offre la terre, attitude qui devrait évidemment dépendre du rythme de renouvellement de ces richesses. Si la destruction est plus rapide que la production, un appauvrissement parfois irréversible est provoqué. Nous devons admettre que nous sommes comptables de la Terre vis-à-vis des générations qui nous succéderont, de même qu'un père de famille l'est vis-à-vis de ses enfants.

Dans nos cultures, le concept de « propriété » n'est pas limité aux individus ; celui de « propriété collective » a été depuis longtemps introduit. Il faut maintenant aller plus loin et adopter le concept de « propriété de l'espèce ». Il concerne les biens qui doivent être préservés non seulement au profit de l'ensemble des vivants, mais au profit de tous les hommes présents et à venir jusqu'à la fin de l'humanité.

Les biens ainsi appropriés par l'espèce ne peuvent évidemment entrer dans le jeu de la détermination du prix par équilibre entre l'offre et la demande, puisque la première est limitée tandis que la seconde est pratiquement infinie. Les demandeurs ne sont pas seulement les cinq milliards de vivants d'aujourd'hui, ni leurs dix milliards de descendants du siècle prochain; il faut inclure dans la liste tous ceux qui viendront poursuivre l'histoire humaine. Cela fera, espérons-le, une foule immense. Chacun des membres de cette foule doit pouvoir dire son mot sur l'usage d'un tel bien. Celui-ci, pour reprendre le langage des notaires, est « indivis », impartageable, inéchangeable. Il échappe donc aux calculs des économistes; il ne peut avoir de valeur.

En toute logique, les biens de l'espèce ne peuvent être utilisés par personne sous peine de détruire ce qui appartient à autrui. Malheureusement, notre société est loin d'avoir une claire conscience de cette réalité et s'arroge le droit de mettre la planète en coupe réglée.

Un des exemples scandaleux de cette inconscience est celui des ressources pétrolières. Elles sont le fruit d'une lente élaboration qui, partant d'une multitude de cadavres d'êtres unicellulaires, a produit, en quelques centaines de millions d'années, cette substance dont nous faisons un usage irraisonné. D'après les géologues, ce processus a fourni environ quatre cents milliards de tonnes de pétrole sous diverses formes. Nous le consommons au rythme de trois milliards à quatre milliards de tonnes par an.

Compte tenu de la difficulté d'accès d'une partie de ces réserves, la pénurie se présentera dans moins de trois quarts de siècle. Nos descendants lointains en seront totalement et définitivement privés. À l'évidence, la gestion de cette richesse ne devrait être confiée ni à quelques émirs qui ont eu la chance de naître au-dessus des gisements et utilisent cette coïncidence pour amasser des fortunes monstrueuses ni à quelques entreprises multinationales géantes qui exploitent les gisements avec le seul souci de la rentabilité. Elle devrait être exercée par l'ensemble des hommes en gardant à l'esprit l'intérêt de ceux de demain. Le pétrole est une « propriété de l'espèce ».

Idéalement, pour ne pas spolier nos petits-enfants, il conviendrait d'arrêter immédiatement le gaspillage de cette richesse non renouvelable. Le prix actuel du baril de « brut », quinze à vingt dollars, est une véritable incitation à la destruction de ce cadeau offert par la nature aux hommes. Ceux qui, dans quelques générations, iront en chercher les dernières gouttes dans des contrées inaccessibles penseront à bon droit que nous avons été des inconscients et des voleurs. L'inertie des mécanismes économiques est telle que la situation actuelle ne peut être modifiée que progressivement. Il serait opportun d'engager le plus vite possible un programme d'augmentation progressive de ce tarif pour atteindre un jour le niveau dissuasif de plusieurs centaines ou, mieux, plusieurs milliers de dollars le baril. Les sommes ainsi dégagées seraient versées à un organisme chargé de financer les recherches sur les sources d'énergie renouvelables. C'est la seule façon de tenter de réparer la monstrueuse faute que nous avons commise en dilapidant cette richesse.

Une telle gestion nécessite la mise en place de structures capables de faire fi des intérêts à court terme des États ou des entreprises. Ce n'est nullement une utopie puisque de telles structures existent déjà dans le domaine de la culture.

Par l'intermédiaire de l'Unesco, tous les États ont accepté d'abandonner une part de leur souveraineté sur les éléments les plus précieux de leur patrimoine architectural ; la cathédrale d'Amiens, Venise ou le temple de Borobodur ne sont plus sous la seule dépendance des administrations française, italienne ou indonésienne ; ces trésors sont sous la garde de l'humanité tout entière.

Pourquoi ne pas prendre des précautions semblables pour préserver les trésors proposés aux hommes non par d'autres hommes, mais par la nature ?

La vie humaine et sa valeur

L'activité des hommes comporte toujours des risques. L'industrie, les transports sont sources d'accidents parfois mortels. La fréquence de ces accidents peut être mesurée par des moyens statistiques : la circulation automobile entraîne, bon an mal an, la mort de près de dix mille personnes en France. Dans l'évaluation du coût global des transports, il est nécessaire de faire intervenir ces accidents.

Lorsque les décideurs ont à choisir entre plusieurs investissements, ils tiennent évidemment compte du coût de ceux-ci et de la valeur de la production supplémentaire qu'ils permettront ; mais doit également entrer dans leur raisonnement le fait qu'ils provoqueront un accroissement ou une diminution du nombre des accidents corporels et des morts. Le cas est particulièrement clair pour les ingénieurs des Ponts et Chaussées chargés de faire disparaître les « points noirs », lieux les plus dangereux de la carte. Disposant d'un budget fixé, est-il préférable de supprimer tout risque à tel endroit au prix de travaux qui épuisent les crédits ou d'aménager sommairement plusieurs carrefours en y réduisant de moitié seulement le nombre probable des accidents ?

La réponse dépend du poids accordé dans la comparaison à ces accidents ; or cette comparaison, pour un économiste, ne peut prendre forme que grâce à des chiffres représentant la valeur des avantages obtenus face au coût des investissements consentis ; force est donc, dans cette logique, d'attribuer une valeur à la vie d'un homme.

Se pose aussitôt la question : Quel homme ? Doit-on adopter le même chiffre pour un bébé, un travailleur ou un vieillard, pour un clochard ou un P.-D.G. ? En fait, cette réponse est fournie implicitement par notre société, qui consent des dépenses très différentes pour assurer la sécurité selon les domaines. Le passager d'un avion court beaucoup moins de risque, au kilomètre parcouru, qu'un cycliste dans les rues de Paris. Les constructeurs d'avions et les compagnies de transport ont accepté de payer très cher la fiabilité des appareils et des installations ; les cyclistes n'ont qu'à veiller à leur propre sécurité. Tout s'est donc passé comme si, dans les choix d'investissements, la vie d'un passager avait eu une valeur très supérieure à celle d'un cycliste.

Le nombre total des accidents mortels aurait été inférieur si ces deux valeurs avaient été considérées comme égales ; les économies acceptées sur la sécurité aérienne auraient fourni des crédits permettant de généraliser les pistes cyclables. Il n'est donc pas absurde de poser le problème de cette évaluation.

En toute rigueur, la valeur d'une vie devrait se traduire par un prix dégagé par le jeu de l'offre et de la demande. C'est ce qui se passe dans une société esclavagiste. Sur un marché donné, un esclave de telles caractéristiques a une valeur bien définie. Mais l'homme n'est plus alors considéré que comme un producteur de travail, à l'égal d'un bœuf qui tire la charrue. En dehors de ce cas, le « marché » disparaît. Le seul calcul que puissent faire les économistes est celui du coût d'un homme et de la valeur de ce qu'il produit.

La différence, à un âge donné, entre ces deux termes peut être considérée comme étant, par définition, sa « valeur » personnelle instantanée. Pendant son enfance et son adolescence, cette valeur est négative et diminue chaque année. Dès qu'il entre dans le système productif, l'évolution s'infléchit ; il vient un âge, a_1, où ce qu'il produit a une valeur supérieure à ce qu'il coûte. La courbe commence à remonter. L'équilibre entre coût cumulé et production cumulée est atteint à un âge a_2 à partir duquel sa valeur devient enfin positive. Elle s'accroît jusqu'à ce que, la fatigue et le vieillissement aidant, il recommence à coûter plus qu'il ne rapporte à l'âge a_3 ; dès lors, le bilan s'alourdit et, si la mort n'intervient pas avant, il s'annule à l'âge a_4 puis devient négatif jusqu'à la fin.

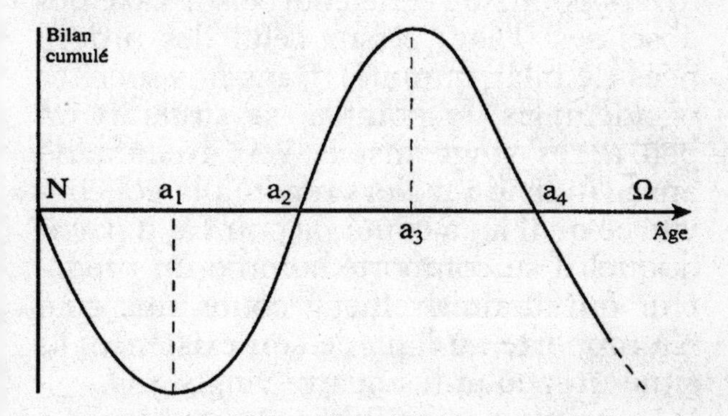

À partir de cette courbe, il est facile de dégager les effets de la lutte contre la mort sur la prospérité économique d'une collectivité. Pour qu'un individu ait un effet favorable sur cette prospérité, il faut qu'il meure entre les âges a_2 et a_4, l'optimum se situant à l'âge a_3. Tout prolongement de la vie au-delà de a_4 est néfaste.

Par contre, jusqu'à l'âge a_2, les individus ont certes un bilan cumulé négatif, mais leur maintien en vie leur permettra de dépasser ce point a_2 et de parvenir à la période où ce bilan redevient favorable pour la collectivité. Il n'est donc pas illogique de sauver un enfant ou un adolescent, à condition d'espérer qu'il aura la sagesse de disparaître avant l'âge a_4.

Par des calculs savants, certains théoriciens ont tenté de préciser la position des divers points de cette courbe sur l'axe des abscisses (l'âge) et sur celui des ordonnées (le bilan cumulé). Dans nos sociétés occidentales, le point a_1 se situerait un peu après vingt ans ; a_2 vers trente-cinq ans : l'individu a alors rendu à la collectivité ce qu'il lui a coûté ; le point a_4 à partir duquel il se comporte comme un prédateur qui, définitivement, coûte plus qu'il n'a rapporté au long de son existence, se situe un peu après quatre-vingts ans.

Le premier scientifique ayant cherché à préciser les ordonnées des divers points a sans doute été le célèbre démographe Lotka. Il a considéré une cohorte de mille Américains et calculé l'ensemble des revenus qu'ils accumuleront au cours de leur vie. En déduisant le coût de leur éducation et de leur entretien, y compris au cours de leur retraite, il obtenait la valeur apportée à la collectivité par leur existence, c'est-à-dire l'ordonnée du point de la courbe correspondant à leur décès. Aux prix de l'époque (1935-1940), cette valeur était de l'ordre de soixante mille dollars pour les hommes et de zéro dollar pour les femmes. Ne nous récrions pas devant cette conclusion, puisqu'elle est « scientifique ».

Pour présenter ces raisonnements et ces conclusions, j'ai adopté délibérément un ton cynique. Ce cynisme est évidemment moins affiché dans les publications scientifiques, il n'en est pas moins présent.

Les économistes qui abordent ces problèmes n'ont nullement l'intention de préconiser l'euthanasie des personnes dépassant l'âge a_3, où l'apport cumulé commence à décroître. Mais en ne le faisant pas, ils ne vont pas au terme de leur logique. Ils sont probablement prêts, à titre personnel, à beaucoup d'efforts pour sauver un vieillard ; il n'en est pas moins vrai que la diffusion d'un virus ne s'attaquant qu'aux individus plus âgés que a_3, ou, à la rigueur, a_4, aurait une influence bénéfique sur le bilan économique collectif.

Quant à la valeur nulle de l'existence d'une femme, elle résulte en partie du fait que son apport n'a, le plus souvent, pas la forme d'un salaire ou d'un revenu, il n'entre donc pas dans le bilan ; en outre, sa durée de vie est plus longue, ce qui accroît le coût de son entretien. L'augmentation de l'espérance de vie que les médecins considèrent comme leur plus belle victoire représente pour les économistes une évolution défavorable pour le niveau de bien-être collectif.

Dans cette présentation du parcours d'une vie, le trait est, certes, outrageusement forcé. Il n'en est pas moins vrai que notre société est imprégnée en profondeur par cette vision. Un vieillard est quelqu'un qui coûte et qui ne rapporte, et ne rapportera plus, rien. Tout est décrit en termes comptables ; face à chaque événement, le raisonnement est celui d'un caissier qui allonge les chiffres en les répartissant dans deux colonnes, les « débits » et les « crédits ».

Par glissements successifs, nous sommes amenés à trouver tolérable ou même normale la décision de ce chef de service hospitalier anglais qui réservait certains soins coûteux aux patients ne dépassant pas tel âge, ou celle des responsables de la transfusion sanguine en France qui ont préféré écouler les stocks de sang contaminés par le virus du sida malgré les risques courus par les hémophiles plutôt que de déséquilibrer le bilan du Centre national de transfusion.

Surtout, nous pourrons accepter de donner une valeur non seulement à un individu entier, mais à chacun des organes ou des produits de son corps. Combien vaut un rein en bon état ou un litre de sang de tel groupe ? Combien doit-on demander pour la location d'un utérus pendant les neuf mois de la gestation ?

À défaut de répondre par des chiffres résultant d'un calcul économique rigoureux, des truands de la pègre brésilienne ou péruvienne ont déjà répondu en collaboration avec les dirigeants de quelques cliniques des États-Unis. À eux tous, ils ont appliqué la « loi du marché » et abouti à des prix résultant d'un marchandage conduit dans les règles de l'art. Les premiers prélèvent un rein ou un œil sur un des nombreux enfants sans famille qui hantent les rues des grandes villes, en ayant parfois la bonté de ne pas l'achever. Les seconds utilisent ces morceaux de corps humains pour pratiquer des greffes qui sauveront leurs patients et qui témoigneront de l'excellence de leur technique. Nous nous acheminons ainsi vers une humanité double où les uns bénéficieront de tous les progrès de la connaissance pour faire de leur vie l'accomplissement d'un destin et où les autres n'auront guère que le statut de sources de pièces de rechange au profit des premiers.

Arrivés à ces extrémités, nous sommes contraints à nous interroger sur les sources de cette barbarie. Il serait trop facile d'accuser telle personne de négligence ou de perversité. Ceux qui ont pris ces décisions ou qui ont pratiqué ce commerce étaient en accord avec une attitude collective ; ils l'ont simplement mise en pratique à l'occasion d'un cas limite. Le retour à la barbarie est la conséquence inéluctable de notre acceptation de l'économisme.

Retour à la barbarie

Une société est « barbare » lorsqu'elle admet que certains de ses membres sont « de trop ». La personne de chacun est le résultat des échanges qu'il a avec les autres. Si nous admettons cette évidence, nous devons en conclure que tous sont utiles à tous. Contrairement à l'exclamation théâtrale de Sartre, l'enfer, ce n'est pas « les autres », c'est de ne pas exister pour les autres. Exclure, c'est condamner à l'enfer, certes pas l'enfer de l'au-delà, à l'existence hypothétique, mais l'enfer terrestre, bien réel, dans lequel nos sociétés se débarrassent de ceux qu'elles sont incapables d'incorporer.

Pour faire un homme, je l'ai dit, il faut beaucoup d'hommes ; chacun n'existe que par les autres. Ces autres peuvent être des enfants ou des vieillards, des bourgeois satisfaits ou des marginaux porteurs de révolution, tous contribuent à la mystérieuse alchimie transformant un individu fabriqué par son patrimoine génétique en une personne consciente de son existence et de son rôle.

Le seul critère de réussite d'une collectivité devrait être sa capacité à ne pas exclure, à faire sentir à chacun qu'il est le bienvenu, car tous ont besoin de lui. À cette aune-là, le palmarès des nations est bien différent de celui proposé par les économistes. Ce n'est plus le P.N.B. par tête qui compte, mais le nombre de jeunes acculés au suicide par le dégoût que la société leur a inculqué d'elle ou, pis, d'eux-mêmes ; mais le nombre de jeunes sortant du système scolaire persuadés qu'ils ne valent rien ; mais le nombre de désespérés qui n'ont même pas accès à la parole pour exprimer leur mal de vivre et n'ont d'autre recours que de devenir des casseurs. Tous ces aboutissements, tous ces gâchis, n'ont rien de fatal ; ils sont la conséquence de la volonté, explicite ou sournoise, des hommes.

Mesuré par ces critères, l'échec des sociétés conduites par l'économisme est patent. Leurs succès techniques sont payés d'un coût humain exorbitant qui sape les fondations de leurs structures traditionnelles. Les citoyens américains peuvent être fiers d'avoir envoyé quelques explorateurs sur la Lune ; mais, dans les grandes villes, ils ne peuvent plus rentrer chez eux le soir sans trembler de peur.

Les Français peuvent s'enorgueillir de disposer de sous-marins nucléaires capables d'anéantir des cités entières sur un continent lointain, mais des milliers de familles attendent plusieurs dizaines d'années avant d'obtenir un appartement décent. Leurs enfants ne trouvent guère à l'école l'accueil dont ils auraient besoin ; pourront-ils se consoler à la pensée que « le franc est fort » ?

Pour leur faire prendre leur mal en patience, les hommes politiques évoquent la « crise ». Un peu comme au Moyen Âge les prêtres évoquaient la colère de Dieu. Personne n'y est pour rien ; il faut attendre que cette colère s'apaise. Le mot « crise » désigne un épisode qui a un commencement et une fin, à l'image d'une crise de larmes : lorsqu'elle sera terminée, tout redeviendra comme avant. Les problèmes rencontrés sont présentés comme des fatalités que chacun doit accepter et subir.

Aujourd'hui, l'évidence est criante : les soubresauts que nous constatons ne constituent nullement une crise. Il se trouve que cela se produit en une fin de siècle, et même de millénaire, mais ce n'est qu'une coïncidence due à notre façon de compter les années. L'important est de constater que nous vivons une mutation que nous avons provoquée, mutation d'une importance au moins égale à celle qu'ont provoquée nos ancêtres du néolithique lorsque, il y a quelque dix mille ans, ils se sont sédentarisés.

Ce qui arrive à l'humanité est la conséquence des pensées et des actes des hommes. À eux d'en analyser les causes et d'en trouver les remèdes.

À vrai dire, nous devrions nous réjouir de vivre une telle phase de renouvellement de nos moyens et de nos objectifs. L'occasion est magnifique d'orienter la course de l'humanité dans une direction nouvelle. Si nous persévérons dans la voie de l'économisme, le retour est assuré à la barbarie décrite par Aldous Huxley dans *Le Meilleur des mondes* ou par George Orwell dans *1984*. À cette humanité-là, il nous faut savoir dire non.

Pour cela, il nous faut rompre avec nos habitudes de pensée les plus profondément ancrées. Est-ce possible ?

ET SI L'ON PARLAIT DU BONHEUR ?

Les pensionnaires des « maisons » de La Havane à l'époque de Batista avaient sans doute des revenus très supérieurs à ceux des institutrices qui travaillent aujourd'hui dans les mêmes locaux transformés en écoles par le nouveau régime. Est-ce là une régression économique qu'il faudrait mettre au débit de Fidel Castro ?

L'erreur fondamentale de l'économisme est de réduire les activités humaines à la production et à la consommation des biens capables de satisfaire les besoins de notre organisme et de lui procurer du plaisir ; jamais il n'est tenu compte des autres besoins, ceux dont dépend le bonheur : « On ne tombe pas amoureux d'un taux de croissance », disaient les murs du Quartier latin en 1968.

À vrai dire, cette erreur est moins celle des économistes que celle de la société qui les écoute, comme autrefois elle écoutait les prêtres, celle aussi des hommes politiques qui utilisent leurs travaux et leurs affirmations comme masques de leurs stratégies personnelles.

Les physiciens étudient le comportement de « gaz parfaits » dont ils savent pertinemment qu'ils n'existent pas ; de même les économistes s'intéressent au comportement d'acheteurs et de vendeurs demandant et offrant des biens échangeables sur un marché idéal tout aussi mythique. Leurs analyses peuvent apporter des éléments précieux, mais à condition de ne pas confondre le modèle proposé avec la réalité.

L'âge d'or de l'économie a été la période de mise en place de la société industrielle. Pour la quasi-totalité de la population, paysans et ouvriers, l'obsession permanente était la satisfaction des besoins vitaux, manger, se vêtir, se loger. Seuls quelques privilégiés avaient accès à d'autres inquiétudes, sources de subtiles angoisses métaphysiques ou de délicats bonheurs esthétiques.

Le champ des réflexions des économistes couvrait alors l'essentiel des activités et des interrogations des hommes. Les « biens » dont ceux-ci avaient besoin étaient produits par leur travail à partir d'un capital. La répartition de ces biens était réalisée en rémunérant ce travail (le salaire) et ce capital (le revenu des propriétés). Les luttes entre les classes sociales avaient pour objectif la modification ou le maintien des équilibres entre les divers acteurs, équilibres résultant d'un jeu entre de nombreux travailleurs et de nombreux possédants. En l'absence de syndicats (ils n'ont été autorisés par la loi en France qu'en 1884; ils l'avaient été en Grande-Bretagne dès 1871), les premiers ne pouvaient se regrouper pour défendre leurs intérêts; la loi d'airain a joué à plein à leur détriment. Certains philosophes, quelques romanciers, ont manifesté leur compassion devant le sort ainsi infligé au plus grand nombre; mais que pèse la compassion face aux lois du marché, même lorsque la marchandise échangée sur ce marché est le travail des hommes?

L'accès aux richesses produites était accordé aux uns par leur salaire, aux autres par le revenu de leurs propriétés ou de leur portefeuille. Pour accroître le volume des biens produits, il fallait plus de travail, donc distribuer plus de salaires, donc permettre un accès plus large à ces biens; l'équilibre entre demande et offre se réalisait spontanément.

Les progrès techniques et l'évolution sociale viennent de bouleverser de fond en comble la répartition des besoins des hommes et la nature des moyens nécessaires pour les satisfaire. Tous les équilibres sont rompus.

*

Pour mettre en évidence l'importance de ces bouleversements, il est de bonne méthode de répartir la population en trois catégories : ceux qui produisent des biens « matériels » ; ceux qui produisent des biens « immatériels » ; ceux qui ne produisent rien.

À la fin du XVIIIe siècle, la France de l'Ancien Régime comptait vingt-huit millions d'habitants, la moitié de l'effectif des Français d'aujourd'hui. La presque totalité de cette population était occupée à produire et à distribuer les biens matériels nécessaires à la survie. Paysans, artisans, ouvriers, commerçants, représentaient plus de 97 p. 100 de l'ensemble. Ceux qui « produisaient » des biens immatériels étaient essentiellement les membres du clergé chargés du soin des âmes. Leur effectif était de l'ordre de cent trente mille, dont quarante mille religieuses ; les activités liées à l'éducation et à la santé étaient pour une large part assurées par eux. Enfin, ceux qui, en fonction même de leur statut social, ne produisaient rien, étaient les nobles (environ soixante-dix mille familles, soit trois cent cinquante mille personnes) et la classe supérieure de la bourgeoisie, dite « bourgeoisie d'Ancien Régime », qui jouissait des mêmes privilèges que la noblesse sans en faire partie (environ deux cent mille personnes).

Ce classement en trois catégories reste opérationnel aujourd'hui, mais les réalités qu'il permet de décrire ont totalement changé au cours des deux siècles qui viennent de s'écouler.

La première catégorie avait, tout au long du XIXe siècle, conservé son importance globale mais changé de contenu. Le développement de l'industrie a accru l'effectif des ouvriers tandis que les premiers progrès techniques ont permis de diminuer celui des agriculteurs. Le XXe siècle, au contraire, a provoqué un changement radical. La productivité, aussi bien dans les usines que dans les champs, a fait des progrès fulgurants, principalement à partir du milieu du siècle. Au départ, il s'agissait surtout de mieux organiser le travail; l'opinion générale était que, après une phase d'amélioration rapide, un plateau serait bientôt atteint. En fait, l'électronique a apporté un nouvel élan; nous constatons que la production sera prochainement obtenue avec si peu de travail que celui-ci sera marginal. Les ouvriers seront remplacés par des machines commandées grâce à des programmes leur permettant d'exécuter des tâches autrefois confiées aux professionnels les plus adroits. Et ces machines ne sont jamais malades, elles ne se fatiguent pas, elles ne sont pas syndiquées.

Cette quasi-disparition des hommes chargés de produire les biens matériels a été à la fois la conséquence et la cause du développement du secteur des biens immatériels. Pour réaliser un pont, il est plus important de disposer d'un logiciel d'ordinateur performant que de terrassiers maniant avec vigueur des marteaux-piqueurs. Le savoir-faire s'efface devant le savoir. L'accroissement de ce savoir et sa diffusion font appel à un nombre croissant d'hommes chargés de cette production immatérielle. Ils sont des producteurs; sont-ils encore des travailleurs? C'est en fait la définition du mot « travail » qui se transforme; il ne s'agit plus d'une malédiction divine nous obligeant à consacrer notre vie à assurer notre survie, mais d'une réalisation collective permettant de satisfaire des besoins autres que ceux de notre organisme.

Ce transfert de l'activité des biens matériels vers les immatériels constitue une véritable révolution, lentement préparée depuis quelques siècles et qui explose actuellement. Nous devrions nous en réjouir mais, prisonniers de nos habitudes de penser, nous reculons devant les transformations qui se produisent ou qui se profilent pour un avenir proche, et tentons de maintenir l'état antérieur. Cette timidité, ce refus de ce qui a été un espoir au moment où il est à portée de main, aboutit au paradoxe qu'est le sort des personnes appartenant à la troisième catégorie, ceux qui ne produisent rien. Aujourd'hui, cette catégorie est représentée non plus par les nobles et les bourgeois, mais par les chômeurs et leurs familles. En France, un citoyen sur huit est écarté des activités de la société; il n'y a pas de place pour lui; il est de trop. Ces chômeurs ne sont pas, comme l'étaient les nobles, des privilégiés satisfaits d'être entretenus par la société sans rien lui apporter. Loin de revendiquer leur condition, ils la subissent douloureusement; d'autant que le traitement qui leur est accordé est beaucoup moins prestigieux que celui dont bénéficiait la noblesse. Recevant des ressources inférieures, le plus souvent, au minimum permettant une vie décente, ils restreignent leur consommation; ils contribuent ainsi à un ralentissement de l'activité, provoquant un accroissement du chômage. Un processus auto-entretenu de décomposition de la société est mis en place. Seule parade proposée par le pouvoir : des incantations sur les vertus de la « sortie de la crise », toujours annoncée et jamais constatée.

*

Face à ces changements, nous devrions manifester non des regrets mais des espoirs. Jamais ne s'est produite une révolution plus riche de promesses. Nous pourrions vivre cette période comme une des phases les plus glorieuses de l'aventure humaine; elle est le fruit de notre capacité à regarder le monde et nous-mêmes autrement qu'aucune autre espèce.

Notre curiosité face à l'univers nous a fait découvrir des réalités qu'aucun animal ne soupçonnera jamais; nos sens ne nous donnent accès qu'à une faible partie des informations envoyées par les étoiles, nous avons été capables de les compléter, de découvrir des pulsars, d'imaginer des trous noirs, de « voir » un ciel qu'aucun œil ne saurait découvrir. Notre émerveillement devant la nature ne s'est pas satisfait des images qu'elle nous offrait; nous avons voulu ajouter à la beauté du monde et tenté de produire nous-mêmes des formes et des couleurs; nous sommes devenus la source de nos émotions. Notre conscience de la liberté laissée au choix de nos actes nous a conduits à nous imposer à nous-mêmes des règles respectées par tous ; nous avons défini des exigences, adopté une éthique.

Par la science, l'art, la morale, nous avons fait de l'humanité le cadre d'une construction des hommes les uns par les autres. Longtemps cette construction a été entravée par les contraintes du monde concret. Il fallait d'abord subvenir aux besoins immédiats de nos organismes. L'étau qui nous prenait à la gorge vient d'être desserré. La soumission à ce qui semblait une fatalité a reculé. Nous sommes enfin en charge de notre avenir. Mais nous n'osons pas le regarder en face.

Le paradoxe d'une société qui refuse ce qu'elle a toujours espéré, disposer des biens matériels sans avoir à y consacrer l'essentiel de son activité, a sans doute de multiples explications ; l'erreur économiste n'est pas la moindre.

Elle consiste à n'attribuer de valeur qu'à une catégorie de biens, ceux que l'on peut inclure dans un processus d'échange du type « marché ». Ce processus peut fort bien être mis en place pour les biens matériels caractérisés par des grandeurs mesurables. Il en est de même pour certains biens immatériels comme un programme d'ordinateur ou une émission de télévision ; mais pour la majorité de ces biens il est impossible, ou même indigne, de chercher à mesurer leur valeur au moyen d'un marchandage. Que vaut la découverte d'un trou noir au centre d'une galaxie ? Que vaut le sourire retrouvé d'un enfant condamné par son patrimoine génétique et sauvé par les médecins ? Que vaut la satisfaction de l'adolescent qui élargit son regard sur le monde et sur lui-même ?

La production de ces biens a, pour l'économiste, un coût, mais elle ne génère pas de valeur. Pour échapper à cette incohérence, il est nécessaire de classer les produits de l'activité humaine en fonction non plus de l'intérêt immédiat du producteur qui désire en tirer un profit, mais du rôle qu'ils jouent dans la société et de la façon dont cette société décide qu'ils seront attribués. Deux catégories apparaissent alors : les biens qui sont attribués à chacun en fonction de son mérite, mesuré par ses possibilités financières (désignons-les comme les « biens M »); les biens attribués à chacun en fonction de ses besoins (les « biens B »).

C'est dans le domaine sanitaire que le concept de bien B est d'abord apparu dans nos sociétés. Lorsque, en 1942, Winston Churchill a voulu galvaniser le peuple britannique en lui proposant la construction d'une société nouvelle, il a mis en chantier un ensemble législatif (le rapport Beveridge) qui devait permettre à tout citoyen ayant besoin de soins d'y avoir accès indépendamment de sa possibilité d'en rembourser le coût. En France, le Conseil national de la Résistance a prévu qu'à la Libération un système de Sécurité sociale jouerait un rôle identique. Dans la réalité, les choses ne sont pas encore aussi parfaites que les initiateurs le rêvaient, mais l'idée est maintenant admise que lier le droit aux soins à la capacité de les payer correspondrait à un retour à la barbarie.

Les activités du système éducatif sécrètent, elles aussi, des biens B. L'école ne doit pas servir à fournir à la société les hommes et les femmes dont elle a besoin, mais à permettre à chacun d'avoir accès aux moyens lui permettant de construire son intelligence. Trop longtemps ce système éducatif a été considéré comme assurant le remplacement de chaque génération, à l'identique, par la suivante; on y apprenait les comportements peu à peu mis au point au cours des âges. Cet apprentissage devient de moins en moins nécessaire; un changement complet des objectifs s'impose.

Les drames provoqués par l'inadaptation de l'éducation avaient déjà apparu lorsque le changement des mœurs rendait certains métiers inutiles : des milliers de jeunes filles ont appris à confectionner des fleurs artificielles ou des corsets alors que les produits de leur adresse n'étaient plus demandés. Aujourd'hui, il ne s'agit pas d'un changement de mode, mais d'une disparition des postes de travail. L'école de demain ne servira plus à approvisionner les généraux en chair à canon ou les chefs d'entreprise en chair à profit; elle aidera des hommes à se construire eux-mêmes au contact des autres.

Cette tâche-là est sans limites et ne peut être justifiée par aucun raisonnement évoquant sa rentabilité.

De même peut-on admettre que l'accès à une justice impartiale est un droit de tout citoyen, indépendamment de ses ressources. De même l'accès de toute famille à un logement décent, de même...

Bien sûr éduquer, soigner, rendre la justice, sont des activités impliquant des tâches remplies par des hommes; les machines peuvent les y aider, mais elles ne sont que des auxiliaires apportant quelques informations ou quelques gestes complémentaires; l'essentiel est fourni par des personnes qui y consacrent le meilleur d'elles-mêmes. Contrairement à la production des biens matériels, celle des biens immatériels nécessitera toujours une intervention humaine. Elle ouvre un champ illimité à l'activité des hommes; l'existence d'un chômage est donc le signe d'une erreur collective : des besoins ne sont pas couverts alors que des hommes sont disponibles.

Ces hommes, il faut leur donner accès à tous les biens, y compris aux biens M qui ont un prix ; il faut donc leur attribuer un salaire. Celui-ci ne peut être généré par la valeur de ce qu'ils produisent, puisque les biens B sont gratuits. Les activités produisant les B doivent donc être financées par les activités de type M.

Autrement dit, le prix payé pour un bien M doit permettre de couvrir le coût de production des biens B. Cela nécessite une structure collective (sinon collectiviste) capable de réaliser ce transfert. En achetant une voiture ou une baguette de pain, le client doit être conscient qu'il participe à la mise en place de services collectifs qui, par leur nature même, échappent à l'implacable « loi du marché ». Plus une société s'éloigne de la barbarie, plus elle fait de place aux satisfactions non directement liées aux besoins de l'organisme, plus la part des biens B s'accroît. Le critère de progression vers une société plus respectueuse des hommes pourrait être l'importance de l'écart entre le coût réel des biens M et le prix que la société est amenée à les faire payer.

Cet écart existe déjà dans les mécanismes économiques en vigueur mais, par un paradoxe significatif, il est présenté comme une tare, une malfaçon qu'il convient de faire disparaître. Cet écart, dit-on, résulte des prélèvements obligatoires que les gouvernements successifs promettent de réduire au plus tôt sans jamais y parvenir. Fort heureusement, car l'évolution des techniques réduit constamment le coût des biens M tandis que le progrès social élargit le domaine des biens B; le taux des prélèvements opérés sur les premiers au profit des seconds ne peut que croître. La différence entre le prix de vente d'un bien et son coût de production et de commercialisation est significative d'une avancée de la collectivité vers un plus grand respect des besoins essentiels des individus, dans la mesure, évidemment, où cet écart enrichit cette collectivité et non quelque entreprise particulière.

Un changement de terminologie serait sans doute utile pour marquer le rôle positif de ces « prélèvements »; ils pourraient avantageusement devenir des « participations à la civilisation ». Ainsi serait mieux mise en lumière la nécessité d'un rôle toujours plus important de la collectivité en charge des intérêts de tous. L'évolution de notre capacité à transformer notre milieu, l'intensification des interactions entre personnes, entre entreprises, entre nations, amènent nécessairement à toujours « plus d'État ». Les épisodes inverses provoqués par les gouvernements de Reagan ou de Thatcher ne sont que les soubresauts ultimes d'une société fondée sur les illusions du XIXe siècle et dont le moteur est la compétition, donc l'égoïsme. Du moins pouvons-nous l'espérer.

*

Le danger évident d'un accès aux biens B sans contrepartie financière est un gaspillage de ces biens. Les exemples complaisamment rapportés à ce sujet sont multiples : achats inutiles de médicaments qui s'accumulent dans les armoires à pharmacie familiales, pain utilisé pour nourrir le bétail dans les pays où son prix est maintenu artificiellement bas pour que les plus pauvres puissent se nourrir.

Il est clair qu'accorder le droit à un objet ou à un service en fonction de son besoin nécessite un contrôle de la réalité de ce besoin. En matière de soins, par exemple, cela suppose que le corps médical dans son ensemble exerce une responsabilité à cet égard. Son devoir ne se limite pas à soigner, il s'étend à une gestion raisonnable de la part des ressources collectives affectées à ce domaine. De même, le corps enseignant est en charge de la gestion du secteur de l'éducation. Il est moins absurde de confier le soin de gérer au mieux les ressources disponibles aux « hommes de l'art » que de s'en remettre au jeu aveugle de l'argent.

Ce jeu ne garantit d'ailleurs guère l'absence de gâchis. Il suffit d'évoquer la consommation accrue de « gadgets », c'est-à-dire d'objets sans aucune utilité achetés sous la pression d'une publicité déchaînée, ou l'invraisemblable gaspillage que constitue le recours au transport par camions, source de multiples accidents et d'une pollution ravageuse, alors que les voies ferrées existantes sont sous-utilisées.

*

Comme tous les intégrismes, l'économisme repose sur l'acceptation d'une fatalité, sur la soumission à une volonté extérieure à laquelle il faudrait s'abandonner. Pour les religieux, il s'agit d'une vérité révélée à un homme choisi par Dieu, pour les banquiers d'une mécanique implacable dont il faut respecter le déroulement. Dans tous les cas, c'est la possibilité de choix des individus ou des collectivités qui est récusée.

Certes, nous ne pouvons pas faire n'importe quoi; le monde réel qui nous entoure impose ses contraintes; mais notre nature d'homme nous donne souvent la possibilité d'imaginer des artifices qui contournent ces contraintes. Nous n'avons pas d'ailes, mais nous nous sommes donné le moyen de voler plus haut et plus vite que tous les oiseaux.

La dignité de l'Homme consiste à prendre en main son devenir, à choisir. Aujourd'hui, plus sans doute que jamais au cours de notre histoire, nous sommes face à une bifurcation : d'un côté la voie facile de la domination de quelques-uns sur la multitude des démunis — une société fondamentalement esclavagiste, efficace, ordonnée, mais où la presque totalité des hommes vivront sans espoir —; de l'autre, le chemin escarpé, périlleux, d'une recherche de l'égalité entre tous les membres de l'espèce, la construction jamais achevée d'une société où tous les hommes se sentiront chez eux partout sur la Terre des Hommes.

La barbarie ou la démocratie, il faut en décider aujourd'hui.

RÉFÉRENCES

ALLAIS Maurice, cours d'économie, école des Mines de Paris, 1949.

BERLAN Jean-Pierre, « La logique infernale des rendements agricoles », *Le Monde*, 14 juin 1988.

BONGAARTS John, « L'Humanité mangera-t-elle demain ? », *Pour la science*, mai 1994.

BRUNDTLAND Gro Harlem, *Notre avenir à tous*, Le Fleuve, Montréal, 1988.

GEORGE Susan, « Vieilles institutions et nouveaux désordres », *in* Dossier CADTM, Bruxelles, 1994.

JULIEN Claude, « Pour sortir de l'impasse libérale », *Le Monde diplomatique*, septembre 1994.

PASSET René, *L'Économique et le Vivant*, Payot, 1979.

PETRELLA Riccardo, « Plaidoyer pour un contrat mondial », *Le Monde diplomatique*, mai 1992.

ROBIN Jacques, *Changer d'ère*, Le Seuil, 1989.

SAUVY Alfred, *La Tragédie du pouvoir*, Calmann-Lévy, 1978.

SIMSON Vyv et JENNINGS Andrew, *Main basse sur les J.O.*, Flammarion, 1992.

DU MÊME AUTEUR

The Genetic Structure of Populations
Springer Verlag, New York, 1974

Concepts en génétique des populations
Masson, Paris, 1977

Éloge de la différence – La Génétique et les hommes
Le Seuil, Paris, 1978

Moi et les autres
Le Seuil, coll. « Point-virgule », Paris, 1983

Cinq Milliards d'hommes dans un vaisseau
Le Seuil, coll. « Point-virgule », Paris, 1987

Idées reçues
(avec Hélène Amblard)
Flammarion, Paris, 1989

La Légende de la vie
Flammarion, Paris, 1992

E = CM2
Le Seuil, coll. « Point-virgule », Paris, 1993

Absolu
(entretiens avec l'abbé Pierre,
animés par Hélène Amblard)
Le Seuil, Paris, 1994

Les Hommes et leurs gènes
Flammarion, coll. « Dominos », Paris, 1994

La Matière et la Vie
Milan, coll. « Les Essentiels », Paris, 1995

Le Souci des pauvres
Calmann-Lévy, 1996

Composition réalisée par EURONUMERIQUE

Imprimé en France sur Presse Offset par

BRODARD & TAUPIN

GROUPE CPI

La Flèche (Sarthe).
N° d'imprimeur : 7471 – Dépôt légal Edit. 12005-06/2001
LIBRAIRIE GÉNÉRALE FRANÇAISE – 43, quai de Grenelle – 75015 Paris.

ISBN : 2 - 253 - 14775 - 3

31/4775/8